ASESINADOS POR CUERVOS

Reuben Cole Westerns Libro No. 5

STUART G. YATES

Traducido por

JOSÉ GREGORIO VÁSQUEZ SALAZAR

atrás y fijó una mirada dura en el joven Stone. "Agarra la pistola de dispersión".

Soltando un suspiro, pero riendo de todos modos, Stone hizo lo que se le pidió. Entró en la cárcel y regresó momentos después con el arma, abriéndola para alimentar la carga. "¿Cuidarás de la comisaría mientras yo no esté?"

"Ya lo estoy haciendo", dijo Cole, bajando el sombrero sobre su rostro, "ya lo estoy haciendo".

Ya habían transcurrido casi tres horas. Un pequeño cosquilleo de algo inquietante se estaba volviendo más notable en la nuca. No le gustaba la sensación y pensó que esas cosas habían quedado atrás. Más allá de su cuello de todos modos. Riéndose de su pequeña broma privada, decidió darle al joven Sheriff una hora más antes de ir a echar un vistazo. Más valía prevenir que lamentar.

Desde algún lugar lejano, el pequeño tintineo de la campana de la iglesia le recordó que ya era mediodía y que el padre había terminado su servicio. Pronto los fieles y los buenos volverían a sus casas, y Myron abriría el bar del Saloon. Era algo que esperar con ansias. Acurrucándose, con los brazos cruzados, trató de dormir de nuevo.

Una detonación fuerte y aguda lo hizo ponerse de pie de un salto y el sombrero se cayó hacia atrás. Instintivamente, tomó su arma, que, como de costumbre, estaba ajustada para un tiro cruzado, como siempre había sido desde los días del ejército de Cole. Habían pasado casi treinta años desde que dejó de rastrear para la Caballería de los Estados Unidos, pero los viejos hábitos son difíciles de morir. Si no fuese así, podría ser Cole quien estaría muriendo.

Parpadeando repetidamente, se puso de pie y miró con incredulidad el artilugio de aspecto extraño que rodaba por el medio de la calle. Una construcción curiosa, en forma de caja, parecía demasiado endeble para sostener a los dos adultos apretujados en el interior. Abiertos a los elementos, estaban sentados en un banco elevado, cubierto con un acolchado azul oscuro. Una gran manta de cuadros brillantes cubría sus rodillas y ambos llevaban sombreros y bufandas. El hombre, que era el que conducía la cosa hacia adelante, si tal palabra pudiera usarse para describir el vehículo, estaba luchando para controlar las pequeñas ruedas frente a él. A su lado, una mujer delgada y de aspecto elegante, volvió su rostro sonriente hacia Cole, una acción que provocó un pequeño estremecimiento recorriendo su abdomen. Poseía una belleza sensual y deslumbrante, del tipo que los hombres encuentran irresistible.

El conductor detuvo a la bestia, apretó el freno de mano y se estiró para desconectar el motor. Desafortunadamente, no fue lo suficientemente rápido para evitar otra fuerte explosión y una ráfaga de humo negro que brotó de la parte trasera de la máquina.

La mujer se tapó la boca con una mano enguantada y bajó, tosiendo roncamente. Un trozo de gasa negra atada bajo su barbilla aseguraba el sombrero. Llevaba un gran abrigo gris, que le llegaba hasta los tobillos, enfundados como estaban en botas de charol negro con cordones. Detrás de ella, el hombre se acercó y se frotó las manos enguantadas. Se quitó un par de gafas de la cara y las empujó por encima del borde de su gorra de cazador de ciervos. Un abrigo de gabardina de dos piezas completaba su atuendo, todo diseñado para mantenerlo abrigado y seco cuando estaba sobre el asiento de la máquina.

"Hermoso día", gritó el hombre. "Llevamos bastante tiempo viajando y nos encantaría estirar las piernas y encontrar algo para comer. Beber. Esa clase de cosas. ¿Tienen ustedes algo aquí?"

Cole no pudo captar el acento. Había escuchado muchos en su tiempo, pero este... Sonaba como una canción, como los marineros de los barcos balleneros que había conocido años antes, pero una pronunciación mucho más extraña de las vocales que lo obligó a esforzarse para comprender lo que estaba diciendo.

"Si es comida lo que está buscando..." Cole hizo una pausa esperando confirmación.

"Sí, de hecho", dijo la mujer, cuya voz era claramente discernible. Casi melódica, pensó Cole.

"Entonces podrían probar con el Saloon o con la señora Desmond, que a esta hora abre la glorieta de su restaurante para acomodar a los que regresan de la iglesia".

"Eso suena perfecto", dijo. Dando un paso adelante, extendió su mano. "Soy la señora Cartwright, pero usted puede llamarme Sarah". Hizo un gesto hacia el hombre que estaba a su lado. "Este es mi esposo Lewis".

El ex explorador le tomó la mano y se la estrechó. "Soy Cole".

"Encantada de conocerle", dijo, soltando su agarre. "Compramos el hotel e hicimos un largo viaje desde Nebraska, viajando en el hermoso carruaje sin caballos de Lewis". Se hizo a un lado para permitirle a Cole una vista ininterrumpida. Lewis sonrió, el pecho hinchado de orgullo.

"¿El hotel? No sabía que estaba a la venta".

"Oh, sí", dijo Lewis con entusiasmo. Avanzó a grandes zancadas, esta vez ofreciendo su mano. "Sí. Hotel Elegance como se le llama".

"Ah", dijo Cole, estrechándole la mano. "Sé a cuál se refiere, un poco fuera de la ciudad, no muy lejos de la estación de tren".

"Ese es. El lugar perfecto".

"Es una maravilla que nadie lo haya comprado antes", comentó Sarah Cartwright.

"Bueno, eso podría deberse al asesinato, pero quién sabe".

"¿Asesinato?" La pareja habló como uno y ambos parecían sorprendidos.

"Hace algún tiempo", dijo Cole, "pero no tengo muy claros los detalles, no soy de aquí. Yo mismo vivo bastante lejos de la ciudad, pero en la dirección opuesta". Para dar un poco de énfasis, señaló hacia las montañas distantes.

"¿Un asesinato?" Lewis se volvió y negó con la cabeza. "Nadie dijo nada sobre un asesinato..." Girándose de nuevo, hizo todo lo posible para forzar una sonrisa. "Aun así, no se puede embrujar... ¿Verdad?"

"¿Quién sabe? Además, ¿no sería eso un punto de venta?"

"Un punto de venta..."

"Dios mío", intervino Sarah, "creo que usted podría tener algo allí", y todos se rieron. Con el ánimo roto, se despidieron y la pareja se dirigió al restaurante de la señora Desmond. Cole volvió a su mecedora y, a pesar de la agradable distracción de los recién llegados, se sintió incómodo. Stone estaba ahora muy atrasado, y sabía, si no lo sabía antes, que tendría que cabalgar hasta allí y comprobar la situación. Se había prometido a sí mismo no involucrarse en tales asuntos, pero aquí estaba una vez más, haciendo precisamente eso. Ofreció una oración silenciosa para que nada de eso llegara a mucho.

En eso, se iba a demostrar que estaba equivocado.

CAPÍTULO DOS

A PESAR de la pesadilla que vivieron durante las semanas y meses siguientes demostraría lo contrario, inicialmente era justo lo que querían. Lo supieron tan pronto como detuvieron su coche y tuvieron la primera vista completa del lugar. Fue instintivo. No se necesitaban palabras. Simplemente se volvieron el uno al otro y sonrieron. En esa sonrisa había un alivio absoluto. Meses de deliberaciones, discusiones, dudas, los habían conducido finalmente hasta aquí. Tan lejos de las frondosas avenidas de la ciudad de Nebraska como pudieran imaginar. Mil novecientos cinco, pero esta área todavía se parecía mucho al Salvaje Oeste. La frontera indómita. La ciudad de Belén, justo en la frontera con Utah. Un antiguo pueblo minero, pero lo más cerca posible, acordaron ambos, de perfeccionarse como pudieron desear mientras estiraban el cuello y contemplaban el "Hotel Elegance".

Con el dinero que la querida y olvidada tía Gwen le dejó a Lewis en su testamento, era una oportunidad demasiado buena para perderla, especialmente con la promesa de que tenía de un buen futuro. Afortunadamente, o eso parecía, Lewis estuvo de acuerdo con su esposa. Sin hijos y razonablemente felices, no tenían a nadie a quien considerar más que a sí mismos. Por primera vez en su vida matrimonial, podían permitirse el lujo de arriesgarse. Compraron la el "Elegance" sin pensarlo dos veces y con muy poco dinero de la herencia.

Durante más de cuatro años, o eso les dijeron, el hotel había estado vacío. Nadie explicó por qué y ciertamente el agente que les presentó la propiedad, tampoco lo hizo. "Es ideal", les dijo, frotándose las manos alegremente mientras la pareja estudiaba el dibujo del artista sobre el lugar.

"El ferrocarril acaba de llegar y pronto los negocios se aprovecharán. Está en una ruta directa a California, y todos sabemos sobre California, ¿no es así?"

La realidad llegó a casa tan pronto como la llave encajó en la puerta principal y la puerta se abrió, las bisagras gritaron su objeción. Un olor acre a humedad y excrementos de animales les llegó inmediatamente a la parte posterior de la garganta. Sarah, con arcadas, se aferró a la pared más cercana, se tapó la boca con la mano y cerró los ojos con fuerza. "Oh, Dios mío, Lewis. ¿Qué es ese olor?"

"Probablemente ratas muertas", dijo. Marchó hacia adelante, contemplando los alrededores, a pesar de que estaban envueltos en polvo, telarañas. Una luz débil y enfermiza entraba por las ventanas mal tapiadas, pero lo suficientemente adecuada para distinguir los detalles. "Tenemos trabajo que hacer para que este lugar funcione".

Sarah gimió. "¿No acabamos de comprobarlo? Valdrá la pena, al final. Si lo logramos".

El asintió. "Si no lo hacemos, aún podríamos hacer que valga la pena". Pateó con la bota la gruesa capa de polvo blanco que se adhería al suelo. "Se necesitará mucho trabajo, cariño. Trabajo duro y todo lo necesario para hacerlo".

Hizo todo lo posible por sonreír, pero apenas logró poco más que una mueca de desprecio.

En ese instante, dieron por descontado que durante

las semanas siguientes necesitarían pasar bastante tiempo fregando, repintando, arreglando y reemplazando, comprando nuevas camas, muebles y accesorios. Nada de eso iba a ser rápido, pero se resignaron a hacer una nueva vida para ellos mismos y ambos estaban decididos a hacer todo lo posible para lograr su sueño.

"¿Crees que el simpático señor Cole nos ayudaría?" Sarah preguntó mientras pasaba un dedo índice por la mugre del mostrador de recepción.

"Posiblemente. Sin duda sabrá de algunos trabajadores que podrían ayudar".

"Le preguntaré".

"Sí. Pero vamos a orientarnos primero, ¿no te parece? Revisaré las habitaciones de arriba y luego podremos comenzar a idear algún tipo de plan".

Sonriendo, lo vio subir la amplia escalera al primer piso y deseó haber invitado al señor Cole a ayudarlos tan pronto como lo conoció.

CAPÍTULO TRES

El calor lo golpeó como un martillo de los dioses, pesado e implacable. Empapado en sudor, Cole hizo todo lo posible por mantener la velocidad, pero cuanto más continuaba el viaje, más difícil se volvía. Decidió no desviarse hacia su casa. Maddie estaría allí, pero no esperaría que él apareciera hasta el final del día, sabiendo muy bien que la ayuda de Cole al joven Sheriff siempre tomaba más tiempo de lo previsto. Encontraba tedioso caminar por la vieja casa grande de su padre y, desde el allanamiento y todos los horrores que siguieron, prefirió estar en la ciudad y pasar sus días, tratando de no pensar demasiado en Maddie y las comodidades de la maravillosa casa que ella había creado para ambos. Pero era un hombre con problemas, como comentaba a menudo la propia Maddie. Un hombre con un pasado del que no podía deshacerse, con una vida al aire libre. Días del ejército, días de exploración. Tanto para recordar. Entonces, ella lo alentó a que fuera a la ciudad y se sentara, a hablar con aquellos que estaban lo suficientemente dispuestos a entablar conversación con él. Recordar viejas historias.

Las noches, eran un asunto diferente. Los fantasmas llegaban entonces, como siempre, invadiendo su mente. Imágenes de su padre y Sterling. Búho Marrón. Todos los que había perdido. Maddie. Ella se enfermó poco después de que él regresara después de la muerte de Sterling Roose, la noticia la abrumó demasiado. Casi la pierde también. Ahora, ella se estaba volviendo más fuerte cada día. Ella hizo todo soportable, pero solo eso.

Aclarando su mente, siguió el rastro hasta la casa de Gower, lo cual fue fácil y no requirió gran parte de las considerables habilidades de rastreo de Cole. Se enorgullecía de que todavía podía leer las señales. Hoy en día no había nadie más que tuviera tanto grado de experiencia como él. A menudo se preguntaba si el Ejército llegaba alguna vez a preguntarle si le ofrecería sus servicios. Ahora era viejo, tenía sesenta y pocos años, y estar sentado todo el día en una silla de montar no le atraía mucho. Incluso el suave viaje a la ciudad cada mañana le pasaba factura a sus extremidades. Ahora, refrenando su caballo para considerar la casa, movió los hombros y se acomodó sobre la dura silla, tratando de aliviar su malestar. Eso no funcionó.

La casa de las hermanas Gower estaba en una pequeña depresión. Atractivos y bien cuidados, había pequeños campos reservados para papas, cebollas, coles y similares, un huerto de frutas y bordes circundantes de flores y arbustos en flor. Se maravilló de cómo las hermanas se las habían arreglado para crearlo todo aquí en el matorral. Siempre había pensado en él como un lugar sin vida, sin bondad en el suelo, pero ahí estaba, como algo salido de una de esas revistas de interés especial novedosas que a veces veía en la tienda de mercaderías. Pronto, dentro de una generación, sospechaba que con la educación obligatoria todo el mundo podría leer esas cosas. Una vez llamó su atención, una edición que detallaba jardines y jardinería. Y aquí estaba un jardín así, en toda su belleza. Era un milagro, el hecho de hacer crecer tales maravillas en este lugar.

A pesar del resplandor del color, algo lo perturbó.

Nadie se movió.

No había señales de vida.

Vio los caballos en el pequeño corral, el variado equipo de jardinería, la carretilla. Extendiendo la mano detrás de él, sacó el telescopio que le habían incitado a comprar después de ese tiempo con el Agente Federal Whit en los años setenta, el cual había usado uno con tan buenos resultados. Era algo maravilloso, incluso para los estándares modernos. Lo presionó contra su ojo y giró el anillo de enfoque para tener una mejor idea.

El cuerpo yacía boca abajo, entre los árboles del huerto, claramente muerto. Cole nunca lo habría notado sin el telescopio.

Conteniendo la respiración, escaneó el resto del área pero no vio nada más. Excepto por la puerta de entrada de la casa que estaba entreabierta.

Eso le causó una gran preocupación y, gimiendo, guardó el telescopio y lo cambió por su Winchester.

Hizo avanzar su caballo suavemente hacia adelante; a unos cincuenta pasos de la silenciosa cabaña, Cole desmontó. Vigilante, se paró detrás de su caballo por un momento, verificando cualquier movimiento o sonido. No hubo ninguno. Al examinar la extensión circundante de la llanura abierta, se sintió lo suficientemente seguro como para avanzar, conduciendo al caballo hasta un grupo de árboles enredados. Lanzó las riendas alrededor de la rama más robusta y continuó.

A unos diez pasos del edificio, se dejó caer de rodillas, con el Winchester a su lado. Estabilizó su respiración.

No había nada.

Manteniéndose agachado, se acercó al cuerpo en el campo. Era un anciano negro, sin duda el sirviente Joshua. Le habían disparado en la cabeza, la herida de salida le había volado la mayor parte del cráneo. La sangre se había secado dura y negra, así que esto había sucedido hace algún tiempo. Los buitres ya habían comenzado con el cadáver. Vio las señales de pies humanos alejándose y allí, no tan lejos, el cartucho gastado. Permaneciendo donde estaba, Cole se giró para mirar hacia la cabaña. Vio más huellas. Caballos y seres humanos.

Respiró hondo y se dirigió a la cabaña. El porche estaba sombreado por un gran toldo, sostenido por gruesos postes de madera. Un solo paso conducía a la veranda. Había una ventana ancha, estrecha y con contraventanas a la izquierda de la puerta y una chimenea de piedra a un lado. El techo era de pizarra. Esta era una residencia bien construida, pequeña pero de aspecto elegante, no el tipo de edificio improvisado que los colonos solían erigir. Con la amenaza de los hostiles desaparecida hace mucho tiempo, la gente se sentía mucho más segura ahora y se estaba preparando para quedarse de forma permanente. Esta sería una bonita casa para vivir. Cole se preguntó si alguien vivía en ella ahora.

Tentativamente, apoyó su peso en el escalón y se arrastró hasta la veranda. Un crujido lastimero debajo de él lo hizo congelar, esperando. Ahora tenía el Winchester a su lado, comprometido, listo para disparar. Se movió hacia la puerta.

Abrió la puerta con la punta del cañón del Winchester. Una vez más, la madera gimió, las bisagras desesperadas por aceite. El sonido le puso los dientes en el borde.

Adentro, oscuridad. Ni un soplo de aire se agitó.

Esperando hasta que sus ojos se acostumbraran a la penumbra, entró.

Casi de inmediato vio al hombre desplomado en un rincón. Revisando rápidamente el resto de la habitación, Cole se acercó a él, puso sus dedos en la garganta del hombre y le tomó el pulso. Actuando rápido ahora, se acercó a la ventana y abrió las contraventanas. La luz inundó y se volvió para ver la devastación.

Lo que fuera que había sucedido aquí había sido rápido y violento. No quedó en pie ni un solo mueble o adorno. Quienquiera que hubiera hecho esto no le importaba la propiedad de otra persona.

De nuevo al hombre. Cole vio que era Stone, el Sheriff. Apenas estaba vivo, tenía una herida de bala en el pecho que debía de haber pasado por alto su corazón por centímetros. Afuera, había notado el abrevadero y corrió hacia él, trayendo agua en un balde y volviendo a fregar la frente de Stone. Cole empapó un poco de agua con su propio pañuelo y exprimió unas gotas en los labios de Stone. El hombre tosió y farfulló. Cole repitió la acción de apretar hasta que los ojos del hombre se abrieron parpadeando.

Aterrado por un miedo repentino, Stone entró en pánico, agarró el brazo de Cole y gritó: "¡No, por favor!"

"Está bien, Ryan, soy yo, Cole".

"¿Cole?" La voz de Stone no era más que un graznido estrangulado, pero sus ojos se estaban aclarando y los sentidos volvían lentamente. Sacudió la cabeza repetidamente, gimiendo y haciendo una mueca de dolor. "Están aquí, Cole. Ellos están aquí".

"No, está bien. Quienquiera que haya hecho esto, se ha ido".

Respirando en breves y agudos jadeos, Stone apoyó la cabeza contra la pared. "Oh Dios", dijo. "Me dispararon".

"Sí, te dispararon, pero todo estará bien. Te pondré cómodo y luego volveré a la ciudad y traeré al Doc".

"No", dijo Stone, volviendo a su pánico. Se agarró del brazo de Cole y lo apretó con fuerza. "No, no puedes dejarme. Ellos regresarán, ellos..."

"Tómatelo con calma", dijo Cole, secándose la frente reluciente de Stone. "Nadie va a volver". Estudió la desordenada habitación. "¿Dónde está la mujer? ¿Claudette?"

"Se la llevaron".

Cole giró la cabeza para mirar a Stone. "¿Se la llevaron?"

El asintió. Los ojos cerrados de nuevo, la cara arrugada, su voz baja y temblorosa mientras hablaba. "Cabalgué, sin esperar encontrar nada. No había caballos, no había señales de que alguien estuviera aquí, pero luego me acerqué a la puerta, llamé y entré. Ella estaba en una silla, atada. Un hombre la abofeteaba y ella lloraba. Otro se volvió hacia mí mientras iba por mi arma, pero un tercero me golpeó en la parte posterior de la cabeza". Inconscientemente, levantó una mano para palparse el cráneo. "Escuché un disparo desde afuera y aunque estaba casi inconsciente, traté de sacar mi arma y fue entonces cuando me dispararon".

"¿Por qué se la llevaron?"

"¿La señorita Claudette?" Sacudió la cabeza. "Querían la caja de valores, dijeron. Fingí estar inconsciente para poder escucharlos, cada palabra. Ella no se lo diría, así que destrozaron el lugar. Escuché que la golpeaban un poco más y luego dijo que estaba en el lugar de su abogado y fue entonces cuando escuché que la llevaban afuera. Ella estaba armando una pelea infernal, Cole, pero nada los detendría". Sus ojos se abrieron de golpe, fijando febrilmente en los de Cole. "No pude hacer nada. Lo juro".

"Ryan, nadie podría haberlo hecho. Intenta descansar tranquilo. ¿El lugar de su abogado, dices? ¿Sabes en dónde está?" Stone negó con la cabeza. "Bueno, podría rastrearlos, pero tomará algo de tiempo. Además de eso, son asesinos, así que necesitaré más hombres. Amelie está en la ciudad, sabrá dónde está el abogado. Regresaré, buscaré al doctor y luego tomaré el juramento de algunos alguaciles para una patrulla. Mientras tanto, quiero que te sientes aquí, trata de no moverte. Hay agua", dio unos golpecitos en el balde, "y te buscaré una taza. No tardaré, ¿entiendes?"

Stone asintió, pero luego su rostro se arrugó y las lágrimas brotaron de sus ojos. "Oh, Cole, lo siento mucho. Debería haber hecho más, haber sido más cauteloso, pero yo nunca..."

"Aprendes de esto, Ryan. ¿Me escuchas? Aprendes de tus errores y los aprendes rápido. *Nunca* tomes las cosas al pie de la letra, está siempre preparado y expectante. Tienes suerte, nadie tiene una segunda oportunidad aquí". Dio un paso atrás, puso una mano en la base de su columna y estiró sus músculos. "Maldita sea, si no me sintiera como si me hubiera pateado una mula. Mis viejas articulaciones no son fáciles de mover". Se rió entre dientes, a pesar de la desesperada situación. "Ya me voy. Aguanta"

Stone asintió a regañadientes mientras Cole buscaba a su alrededor, encontró una taza de hojalata y la presionó en la mano del joven Sheriff. Sin una palabra más, salió de nuevo.

Montando, Cole una vez más escaneó los alrededores. Sería bastante sencillo seguir sus huellas, pero con la mujer como rehén no podía correr el riesgo de que lo vieran antes de acercarse demasiado. Si se viera obligado a enfrentarse a ellos, necesitaría hombres, buenos hombres.

Hizo una mueca y espoleó a su caballo al galope.

Era mil novecientos cinco. Dudaba que quedaran "hombres buenos".

CAPÍTULO CUATRO

NO todos en la ciudad estaban entusiasmados con la reapertura del Hotel Elegance. Después del servicio de la iglesia, los feligreses intercambiaron palabras mientras salían al sol. El Predicador, el señor Peters, que se hacía llamar "Reverendo", un hombre que no estaba acostumbrado a tomar una buena bebida, escuchó los comentarios con fingido interés.

"No estoy segura de si es algo bueno", decía la señora Collins al salir. "Sin duda son personas muy agradables, pero la ciudad no necesita ese tipo de..." Ella luchó por un momento para encontrar la palabra apropiada que transmitiera la profundidad de su sentimiento. Al no encontrar una, se conformó con "ese tipo de *cosas*".

Su punto, si no su uso del lenguaje, fue compartido por la señora Daniels, una mujer corpulenta, todo abrigo largo y cejas pobladas, cuyo propio esposo había muerto dos años antes debido a, sostuvo, la "bebida demoníaca". "No queremos borrachos aquí. Es mejor mantenerlos en el campo, esa es mi opinión".

"Difícilmente son eso, señora Daniels", comenzó el Reverendo, maravillándose de la capacidad de la mujer para no transpirar, o incluso parecer remotamente acalorada con un abrigo así en un día así. Sin embargo, casi instantáneamente lamentó su interjección, ya que la formidable señora Daniels le lanzó una mirada cruel. No le gustaba este predicador, no le gustaba su juventud, su "nueva" forma, su deseo de atraer a más gente a la iglesia ofreciendo guitarras, coros, aplausos. Ella se erizó de indignación. "Sé de lo que estoy hablando, señor Peters", dijo y, deseándole buenos días, se marchó. La señora Collins la vio marcharse. "No saldrá nada bueno de esto, Reverendo".

"Es sólo un hotel, señora Collins. Nunca se sabe, podría hacer algún bien a la ciudad".

"No veo cómo. La bebida y el libertinaje nunca le hicieron bien a nadie".

"Señora Collins, ese es un juicio imprudente y fuera de lugar, si se me permite decirlo. Estoy seguro de que los propietarios no tendrán nada que ver con esos excesos". Ella no parecía convencida, pero él siguió adelante de todos modos. "Con el sistema ferroviario en constante expansión, la ciudad necesita un lugar para que los hombres de negocios y personas afines se queden en su camino hacia el oeste, o incluso hacia el sur. Ese hotel traerá negocios muy necesarios a la ciudad".

Frunciendo los labios, dijo: "De cualquier manera, ¿de dónde son ellos?"

"No son de aquí, eso lo sé. Me imagino que vienen del este, o de algún lugar del norte".

"Mmm, eso no me dice mucho. ¿Conocen la historia del lugar?"

"Ahora, *eso* no podría decirlo".

"Entonces sería una buena idea que alguien se lo dijera, ¿no lo cree usted?"

El Reverendo parpadeó. "¿Quiere decir que yo debería?"

"Señor Peters, realmente es su deber, ¿no está de acuerdo?"

El Reverendo no compartía la idea, pero permaneció en silencio.

La señora Collins le hizo un gesto con la cabeza. Sus

opiniones sobre él no eran tan fuertes como las de la señora Daniels, pero, sin embargo, tenía sus sospechas. Apoyó a regañadientes los planes del Reverendo para la reestructuración de los servicios para atraer a los jóvenes a la congregación. No, era el *hombre*. Ella sabía sobre su forma de beber, por supuesto, pero también sabía que nunca era en exceso. Lo que no le gustó fue su idea de crear un club de boxeo. Jóvenes rebeldes frecuentaban el viejo granero a las afueras de la ciudad donde *entrenaban*. No tenía idea de lo que significaba ese término, pero sentía que había algo que no estaba del todo bien en un hombre de Dios que mantenía su cuerpo en tan buena forma, cuyo pecho y hombros hinchados se tensaban contra las costuras de sus vestiduras y cuyas manos llevaban tan obviamente las marcas del trabajo manual. Aquí estaba un hombre que tenía un pasado, un pasado que estaba tan molestamente envuelto en misterio. "Lo veré el martes por la noche para la clase de Biblia, señor Peters. Entonces podría contarme la reacción de los dueños sobre la noticia. Buenos días".

El reverendo Peters rara vez soltaba palabrotas, no por ningún sentimiento piadoso que tuviera sobre el tema, sino simplemente porque por lo general se mostraba imperturbable ante la mayoría de los pequeños contratiempos de la vida, por lo que tenía poca necesidad de desahogar su ira con improperios. Este, sin embargo, no fue ese momento. Siseó una maldición entre dientes antes de volver a sumergirse en su iglesia. Se quedó de pie por un momento en el silencio absoluto y quieto y cerró los ojos, bebiendo en el silencio, permitiendo que la atmósfera flotara suavemente sobre él, calmarlo y enfriarlo. El mayor inconveniente de vivir en un lugar tan pequeño e introvertido eran los chismes. Fue desenfrenado. Y aquí estaba, atrapado en el medio, odiando todo y sin embargo sabiendo que ahora le tocaba a él dejar que los Cartwright supieran dentro de qué estaban viviendo. Sueños olvidados o, mejor dicho, pesadillas. Quizás ni siquiera olvidados, al menos no por la Sra. Collins de este mundo. Abrió los ojos. ¿Por qué la gente no lo deja ir? ¿Por qué se aferran al pasado, especialmente a las partes malas? ¿Por qué no se podía dejar a los Cartwright en una dichosa ignorancia y por qué no podía él encontrar el valor para decirle a la señora Collins que fuera a contarles la historia ella misma? Todo era tan innecesario. Pero, ¿qué iba a hacer? Se dijo a sí mismo que les contaría la historia. No había vuelta atrás.

Avanzó por el pasillo, recorriendo con la mirada el diminuto altar. La gente decía que era antes de la Revolución. No podía imaginar a nadie viviendo aquí en ese entonces. Dejó escapar un suspiro, se dio la vuelta y se reclinó contra la fría piedra. La extensión oscura pero reconfortante se extendía ante él, filas de bancos apestando a historia, miles de traseros fantasmales que habían dejado sus impresiones en esos asientos de madera pulida. Fue un pensamiento aleccionador el saber que tantos habían venido a este lugar para encontrar consuelo, liberación, esperanza... Todos ellos buscando a predicadores no muy diferentes a él en busca de ayuda, guía, fe. Era una responsabilidad embriagadora que cargaba y la gente, pasada y presente, esperaba mucho de aquellos como él. Por el bien de sus predecesores, tendría que hacerlo. Él sonrió, encontrando consuelo en su apoyo silencioso. Prosperaba con la responsabilidad. Fue lo que hizo su llamado, porque así era como veía su trabajo en la Iglesia. Tan valioso, tan desafiante. Dios sería su roca y su vida, como siempre, y darles a los Cartwright una idea de su nueva compra no resultaría tan malo como pensaba.

Esperaba, porque él también tenía pesadillas. A veces, el pasado venía a visitarlo, a agarrarlo en su horrible abrazo. La fe a menudo acudía en su ayuda, pero recientemente los recuerdos se volvieron demasiado fuertes e implacables.

Respiró hondo y decidió que iría a ver a los Cartwright esa misma tarde. Si lograba plasmar el sermón de esta noche en un papel antes de salir, tal vez podría tomar una copa o dos con los recién llegados.

Peters dejó escapar una sonrisa. No, la vida no era tan mala en absoluto.

CAPÍTULO CINCO

"Ese es el terreno", gritó Sarah Cartwright mientras salía de detrás de la barra y se secaba las manos con una toalla. Había decidido trabajar en el área de recepción antes que nada, ya que sería lo primero que verían los clientes potenciales y estaba ansiosa por poner las cosas en movimiento. Un punto de venta, se podría decir. Una advertencia. Arriba, Lewis se entretuvo en la segunda de las habitaciones. En la parte superior de la lista, había limpiado una sencilla, lo que había resultado razonablemente fácil, pero la habitación doble fue una lucha para prepararla. Un enorme agujero en el techo permitió que el polvo y los escombros se amontonaran en las esquinas, poniendo una capa gruesa de suciedad sobre todo. Mientras bajaba las escaleras del hotel de dos pisos, forzó una sonrisa al ver a Sarah con el cabello recogido hacia atrás, vestida con una braga verde que disimulaba su fina figura, las mangas arremangadas hasta los codos. Su determinación de hacer del hotel un éxito, era una inspiración.

Diez años menor que su marido, era una mujer alta, delgada y elegante. Cuando no tenía el pelo recogido como ahora, una cascada de cabellos castaños caían sobre sus hombros, enmarcando su rostro de duende, produciendo efectos bastante devastadores en cualquier hombre que la viera. Lewis había notado cómo ese anciano, Cole, se había detenido, hipnotizado por ella. Lewis tuvo que admitir que no le gustaba y se preguntó, no por primera vez, si este era el tipo de negocio en el que deberían embarcarse. Un negocio que exigía respuestas amables y eficientes de ambos propietarios. No estaba muy seguro de eso. Sarah siempre encontraba muy fácil ser amable, lamiendo esos ojos de cachorro y las bocas babeantes, pero Lewis, que no era del tipo de gente más extrovertida, lo despreciaba. Para nada sociable, prefería estar fuera de la vista del público, encerrado en su oficina, concentrándose en las cuentas. Encontró consuelo al saber que si descubrían qué era lo que los había traído aquí, podría emplear un ejército para mantener el lugar en funcionamiento.

Sarah mencionó que una vez que abrieran y se desarrollara el negocio, necesitarían contratar personal adicional. Ya había aparecido una cocinera, la cual había respondido a su anuncio inicial en el periódico. De casi sesenta años, Blanche Chambers estaba bajo prueba, preparándoles la cena en la compacta cocina. Ella también había trabajado incansablemente para asegurarse de que el lugar estuviera listo, en un momento emergiendo, bañada en sudor, un desastre despeinado pero radiante de todos modos. "No creo que la estufa se haya usado durante años".

Sonriendo, Sarah dejó su paño de limpieza, le tendió la mano a Lewis y lo atrajo hacia ella. "¿Qué tal si todos nos damos un pequeño descanso?"

Él la besó, le guiñó un ojo a Blanche y estuvo de acuerdo.

Se sentaron alrededor de una mesa pequeña. Lewis proporcionó vasos de cerveza fría y, al menos por un momento, una sensación de calma se apoderó de ellos.

"Es un lugar hermoso", dijo Blanche, permitiendo que sus ojos recorrieran el vestíbulo, pasaran por el mostrador de recepción, el bar y subieran la estrecha escalera. "¿Cuántas habitaciones tiene?"

"Doce", dijo Lewis.

"Seis individuales y seis dobles", agregó Sarah. "Es suficiente".

"Si las cosas van bien", continuó Lewis, "podríamos construir una extensión. Pero ya veremos".

"Todo depende de lo que suceda después de que se abra el ferrocarril aquí. Nos pusimos en contacto con ellos y dicen que no tardarán más de seis meses".

"Bueno", dijo Blanche, terminando su cerveza. "La estación está terminada. Muy bien se ve".

Lewis estudió su rostro arrugado. Reflexionó con la idea de que una camarera mucho más joven y atractiva podría desviar parte de la atención de su esposa. Pero lo dudaba. Sarah seguía siendo la mujer más sensual que había visto en su vida y el hecho de que la mayoría de los hombres estuvieran de acuerdo con él le causaba un estrés sin fin. ¿Cuánto tiempo más, reflexionó de nuevo, antes de que un hombre más joven, más en forma y más capaz se mudara y le diera lo que ella obviamente necesitaba y que él encontraba cada vez más difícil de entregar?

Sus pensamientos se disiparon cuando Blanche declaró que debía "¡ponerse en marcha!" y Lewis terminó su cerveza, la vio salir con los platos vacíos y se sentó, suspirando. "¿Cuánto tiempo va a tomar todo?"

"Un par de semanas", dijo Sarah. "Esta área de recepción necesita pintura, reemplazo de muebles, limpieza de alfombras. Va a ser un trabajo de tiempo completo, Lewis".

Se le ocurrió una idea y se puso de pie. "Voy a echar un vistazo en la parte de abajo", dijo. "Por lo que sabemos, estará en peor estado que en cualquier otro lugar".

"Ten cuidado. Lleva una lámpara contigo".

Haciendo lo que ella le sugirió, Lewis descendió al oscuro sótano. Había estado allí antes, durante la primera inspección de la propiedad, de hecho, pero todavía no estaba absolutamente seguro de cómo hacerlo. Sosteniendo la lámpara de aceite en alto, pudo distinguir formas de sillas apiladas, cajas, alfombras enrolladas, montones y montones de libros de contabilidad podridos y barriles de edad indeterminada, que sin duda alguna vez contenían cerveza. Y el olor, espeso, pesado, se instaló en la parte posterior de su garganta, haciéndole toser intermitentemente. Pero había algo más que se apoderó de él. Una sensación de inquietud que no podía cambiar. El lugar tenía una atmósfera que lo hacía parecer extrañamente desafinado con el resto de la casa. Miró a su alrededor y a través de la penumbra pudo distinguir un juego de estantes cubiertos de polvo sobre los que había media docena o más de botellas de un vino olvidado hacía mucho tiempo. La madera parecía podrida, al igual que todo lo demás. No se había revisado nada desde que cerraron el lugar. Avanzó poco a poco. Esos barriles, apilados de forma precaria, se inclinaban en un ángulo imposible contra la pared del fondo. Golpeó uno con los nudillos. No estaban vacíos, pero lo que tenían sólo el Señor lo sabía. Lewis suspiró profundamente. Todos tendrían que ser eliminados. Durante la semana, una vez que las habitaciones estuvieran listas, tendría que pasar un tiempo aquí abajo, limpiando, encendiendo luces de gas, tratando de que estuviera presentable. Sus pensamientos se alejaron, imaginando cómo debió haber sido hace años. Quién lo visitó entonces, se preguntó, antes de la guerra, antes de que sucediera. ¿Ocurrió aquí abajo, entre los detritos y el polvo? Quizás en la oscuridad, todo el sonido se pierde en las profundidades de este lúgubre lugar. El sonido de los gritos. Debe haber habido gritos, asumió...

Lewis, ¿adónde has ido?

La voz de Sarah rompió sus pensamientos profundos. Lo hacía cada vez con más frecuencia, se dijo a sí mismo en forma de amonestación. Siempre soñando despierto, debe haber estado aquí abajo en la oscuridad por más tiempo de lo que pensaba. Realmente debía concentrarse más en lo que estaba haciendo.

Lewis, ¿qué estás haciendo ahí abajo? Tenemos las habitaciones para terminar".

"Sí. Ya voy".

Cuando regresó al aire húmedo de la recepción, notó que su rostro tenía esa expresión apenas controlada, la mirada que deletreaba problemas sin importar cuál pudiera ser la explicación de su prolongada ausencia. "Lo siento", ofreció lánguidamente, y ella replicó con su habitual "Lo sentirás". Se armó de valor para concentrarse en el asunto que tenía entre manos y subió pisando fuerte las escaleras para enfrentarse a las habitaciones una vez más. Las imágenes del sótano, sin embargo, seguían volviendo a su cabeza. ¿Qué le pasaba? Nunca se había sentido así por ningún otro lugar en toda su vida. Se quedó un rato, limpiando distraídamente un espejo de pared, preguntándose si había alguna forma de averiguar más, tal vez descubrir algo que le diera la respuesta a sus sentimientos de pavor. Fuera lo que fuera, no podía quedarse allí. Lo que había sucedido, los vagos detalles que conocía, habían terminado. Se fue para siempre. Los fantasmas no existían. Era solo un sótano, se convenció a sí mismo, ¿qué podía haber de malo en un sótano? Se dio la vuelta y quitó las sábanas, dio un escalofrío involuntario, consideró pedir la opinión de Sarah, rápidamente se lo pensó mejor y se lanzó a su trabajo.

CAPÍTULO SEIS

ANTES de que el caballo se detuviera, Cole se estaba balanceando de la silla. El impacto sacudió sus viejos huesos y se estremeció, maldiciéndose a sí mismo por ser tan despectivo con sus dolores y molestias. No había nada que pudiera hacer sobre el hecho de que estaba envejeciendo. No podía recordar la última vez que había pasado un tiempo prolongado en la silla de montar, pero necesitaba recordar porque el esfuerzo físico traía agonía a sus músculos y extremidades. En este momento, necesitaba concentrarse, así que, apretando los dientes, estiró la espalda, sacó el dolor de su mente y atravesó la puerta del consultorio de Doc Wycliffe.

"¿Qué puedo hacer por ti, Reuben?" llegó la voz aguda de la señora Nelson, la recepcionista, que había tomado su posición defensiva habitual detrás de su escritorio. Una pequeña arpía de mujer, sin embargo, era formidable y solo permitía que aquellos con una cita o los casos más urgentes pasaran al santuario interior. Era como sucedía en la ciudad de Nueva York, había anunciado, y lo que era bueno en el este era igual de bueno aquí.

"Pronto concertaremos citas por teléfono", había dicho la señora Tomes una mañana soleada.

Torciendo sus labios en lo que ella consideraba una sonrisa, la señora Nelson movió su dedo, "Vaya, Geraldine, eso es exactamente lo que está investigando el doctor Wycliffe".

Pero esto era el presente, y en este momento Cole parecía más agitado de lo habitual.

"Pareces algo nervioso, Reuben. ¿Puedo ser de ayuda?"

Cole le dijo lo mejor que pudo y, sin ninguna discusión, ella fue directamente a la sala de consulta de Wycliffe y en segundos él estaba al frente, mirando al ex explorador del ejército. "¿El Sheriff, dices?"

"Le han disparado. Se ve mal y no quería traerlo dado que fue en el pecho y..."

"Sí, sí, está bien, Reuben. Soy muy consciente de su conocimiento de esas cosas. ¿Dónde está?"

"Lo dejé en la casa de Gower".

"¿Amelie?" Dijo la señora Nelson, pareciendo asombrada. "Vaya, acabo de verla..."

"Conozco el lugar", dijo Wycliffe, desestimando el comentario de su recepcionista con un gesto de la mano. "Voy a buscar mi bolso y seguir adelante. Señora Nelson, prepare todo para una nueva cirugía a mi regreso".

Sabiendo que no podía hacer más, Cole se excusó y se fue. Se dirigió a la oficina del alguacil y abrió la puerta. Se revolvió, tratando de encontrar las formas adecuadas. Todo era formas en estos días. En el fondo de un cajón de escritorio, encontró lo que estaba buscando. Agarrando un trozo de lápiz, se dirigió al salón.

A última hora de la tarde, el lugar estaba bastante lleno. Algo parecido a un individuo privado que encontró difícil hacer un discurso público, Cole prefirió acercarse a los individuos y hablarles personalmente, explicando brevemente la situación e invitando a cada uno a registrarse como alguaciles temporales.

Ganó un voluntario.

Manteniendo su temperamento, Cole condujo al hombre afuera. "Es mejor si hablamos aquí", dijo.

"Eso está bien para mí".

"¿Cuál es tu nombre?"

Sebastian Monroe. Mis amigos me llaman Seb, la mayoría de los demás simplemente Monroe".

"Bueno, hasta que nos conozcamos mejor... ¿Alguna vez ha usado armas de fuego, Monroe?"

"Yo estuve en el ejército", dijo Monroe, sacando un cigarro. Se lo metió en la comisura de la boca y lo encendió. "Luché en Sugar Point. No es algo que recuerde con mucho cariño. Después de eso, conseguí un trabajo para el ferrocarril. Les disparé a dos hombres que intentaban detener el tren al este de aquí. Eso sería... Mil novecientos dos".

"¿Por qué lo dejaste?"

Monroe se encogió de hombros. "Les dije que no era un asesino y que si querían contratarme como tal deberían pagarme al menos diez veces más".

"Entonces, te pidieron que te fueras".

"Sin indemnización, nada". Exhaló una corriente de humo. "Desde entonces he estado haciendo trabajos ocasionales aquí y allá. A veces sirvo whisky y cerveza detrás de la barra. He estado mirando ese nuevo hotel. Quizás necesiten a alguien".

"Podría ser. Este trabajo para mí, bueno, para el Sheriff. Es voluntario. No hay paga".

"¿Pero usted me daría una referencia para esa gente del hotel?"

"Es lo menos que puedo hacer".

"Entonces, ¿cuándo nos vamos?"

CAPÍTULO SIETE

EL DÍA amaneció tan brillante y claro como cualquiera que pudiera recordar. Estaba de pie en el porche, respirando aire limpio, sus ojos vagando por las llanuras laberínticas más allá de los límites de la ciudad. Este era un lugar asombrosamente hermoso y, si tenía dudas, ahora se disiparon. Este había sido un buen movimiento. Una decisión bien tomada.

Escuchó las pisadas detrás de ella y se volvió para ver a Lewis, estirándose y bostezando cuando él se unió a ella.

"¿No es el lugar más perfecto?" le preguntó, deslizando sus brazos alrededor de su cintura, acercándolo.

"Lo es", dijo, presionando su rostro contra su cabello. El la besó.

"Vamos a ser felices aquí".

"Sí", dijo. "Pero va a significar mucho trabajo duro. Le escribí una carta a la compañía ferroviaria preguntándoles sobre las tarifas publicitarias. En Inglaterra tienen carteles que anuncian lugares para visitar y dónde alojarse pegados en cada estación. Me pregunto si nuestro ferrocarril podría hacer lo mismo".

"Pondremos más anuncios en los periódicos de Kansas. Chicago también. Cuando la línea finalmente se abra, podríamos estar inundados".

"Podríamos encontrar un artista para pintar cuadros, para vender realmente el lugar en los anuncios que propongo". Lewis sonrió, permitiendo que su mente evocara montañas de billetes de un dólar.

"Realmente lo tienes todo planeado, ¿no es así, mi amor?"

"Bueno", se rió entre dientes, "esperemos y veremos".

Ella respiró hondo. "Voy a salir esta tarde, si quieres algo de comer, te he dejado un guisado en la plancha".

"Gracias. ¿Adónde vas?"

Se dio la vuelta y volvió a entrar, su voz se estaba alejando mientras subía las escaleras hacia el baño, recién preparada por su propia mano la noche anterior. "La señorita Gower dijo que me daría una visita guiada por la ciudad, me mostraría los lugares de interés, por así decirlo".

"Muy bien de su parte, quienquiera que sea", gritaba ahora. "¿Cuándo vas a estar de vuelta?"

"No tengo idea". Hubo una pausa. "No te preocupes, volveré a trabajar tan pronto como regrese".

"No lo dudé..."

Se sentó en la mecedora del porche. La oyó moverse arriba, luego el golpe constante de su descenso.

Apareció de repente, falda suelta, blusa color crema, el pelo recogido detrás con un lazo. Ella se veía deslumbrante. "¿Bien?"

Sacudió la cabeza, su garganta sonaba constreñida cuando dijo: "Te ves preciosa".

Cerró su bolso de golpe, se llevó un dedo a los labios y luego le tocó la nariz mientras pasaba junto a él. "Que tengas un buen día cariño". Ella le sonrió mientras bajaba las escaleras hacia la calle, chocando casi de inmediato con el Reverendo Peters cuando éste apareció aparentemente de la nada.

"¡Oh mi señor!" siseó, apartando los pies de debajo de él.

"Lo siento mucho", dijo en un torbellino de brazos, sonrisas incómodas y risitas avergonzadas. "¿Está su esposo...?"

"Estoy aquí", dijo Lewis rápidamente levantándose de la mecedora, comprobando ansiosamente que Sarah todavía estaba en una pieza después de chocar con el predicador de complexión fuerte. Ignorándolos a ambos, Sarah se pavoneó hacia la calle principal, moviendo la cabeza, de mal humor. "Me temo", continuó Lewis, mirándola con preocupación, "todavía no estamos abiertos...". Miró el collar del Reverendo y agregó: "*Padre*".

"Oh, me doy cuenta de eso. No, no, estoy aquí en una, ¿cómo debo llamarlo, una actividad como asesor?"

Lewis notó el tono de incertidumbre y el aire de incomodidad del predicador que, estaba seguro, no se debía a su colisión con Sarah. "¿Actividad consultiva? No estoy del todo seguro de entenderle, *padre*.

"Bueno, esa podría ser la palabra equivocada... Quizás no sea una asesoría en absoluto. Realmente solo aparecí para una especie de pequeña charla para conocernos, algo como eso".

Lewis miró al Reverendo como si fuera la primera vez. "¿Su acento? ¿Es inglés?"

Fronteras. Fronteras escocesas, quiero decir Berwick. ¿Usted las conoce?"

Lewis negó con la cabeza. "Me temo que ninguno de los dos somos particularmente religiosos".

"No, no", el reverendo sacudió su gran cabeza, pero la sonrisa nunca abandonó su rostro. "Realmente no estoy aquí para eso. Solo una charla. Sobre... En realidad, sobre la historia del hotel".

"Oh". El interés de Lewis comenzó a despertar. "Quizás sea mejor que entre".

El Reverendo Peters bajó la cabeza y entró en el oscuro interior. El techo era bajo, especialmente para un hombre tan grande. El Reverendo sonrió con inquietud cuando Lewis pasó a su lado. "No he estado aquí durante tanto tiempo", dijo Peters con una leve nota de tristeza, "casi me había olvidado de cómo se ve".

Lewis le indicó que entrara en el salón, casi completo ahora con abundantes asientos de aspecto cómodo, mesas de juego junto a las ventanas, chimenea vacía debido al calor. Un ambiente acogedor, o eso le gustaba pensar a Lewis. "¿Entonces solía venir con bastante frecuencia, padre?"

"Me temo que sí". Soltó una pequeña risa nerviosa. "El salón no es realmente un lugar que jamás consideraría frecuentar. No soy un gran bebedor, pero me gusta la copa ocasional... Estoy seguro de que usted sabe a qué me refiero".

Lewis pensó que sí. Acercó una silla y ambos se sentaron. Tenía una desconfianza innata en el clero, de cualquier denominación. Siempre sintió que lo estaban escaneando, como por algún dispositivo que pudiera leer su alma. Todos tenían ese aire de gracia, de invulnerabilidad que Lewis encontraba altivo, casi arrogante.

Respiró hondo y miró al hombre que se acomodó un tanto incómodo en el gran sillón frente a él. Sonriendo, preparado para darle al Reverendo el beneficio de las muchas dudas que tenía, Lewis dijo: "Entonces, ¿tiene algo de historia que contarme sobre el hotel?" Sonrió y esperó. El malestar del Reverendo se hizo palpable y Lewis de repente comenzó a sospechar que lo que estaba a punto de escuchar sería desagradable.

"Sí, sí la tengo". El Reverendo respiró hondo como si se preparara para la entrega de algo asombroso. "Se trata del asesinato en realidad".

CAPÍTULO OCHO

AMARRANDO sus caballos fuera de la casa de Gower, Cole y Monroe esperaron pacientemente a que Amelie llegara en el carruaje, una pequeña carreta conducida por otra mujer, una a quien Cole reconoció como Sarah Cartwright, la nueva propietaria del Hotel Elegance. Ella tomó toda su atención cuando bajó, extendió su mano hacia Amelie y ayudó a la señora mayor a unirse a ella.

Cole se quitó el sombrero. "Buenos días a las dos, señoras".

Amelie parecía profundamente preocupada, retorciéndose las manos, toda pretensión de etiqueta social ausente. "Señor Cole, no entiendo nada de esto. Cuando me anunció antes que había problemas, ¡no tenía ni idea de que se refería a aquí, en mi casa!"

"Le pido disculpas, señorita Amelie, pero el tiempo apremiaba. Ahora que estamos aquí, le explicaré..."

"¿Quizás si nos cuenta lo que ha sucedido?" Era Sarah, su voz de terciopelo líquido. Cole notó cómo su mirada estaba fija en Monroe, quien también lo notó, tenía una amplia sonrisa, como paralizada. "No creo que haya tenido el placer", dijo, extendiendo la mano.

Monroe la tomó y, para sorpresa de Cole y de todos

los demás, presionó la mano contra sus labios y la besó. "El placer es todo mío".

Aclarándose la garganta, Cole se hizo a un lado y le hizo señas a Amelie para que entrara. El Sheriff Stone está dentro. Él le hará saber los detalles, pero por favor trate de ser... No terminó la oración cuando, con un movimiento de cabeza, Amelie entró en la cabaña con Sarah Cartwright detrás de ella, dejando a los dos hombres mirándolas.

Monroe frunció los labios y emitió un silbido silencioso. "¡Dios mío, creo que ella es la mujer más hermosa que he visto!"

Cole lo miró de reojo. "Harías mejor en guardarte tu admiración. Ella es una mujer casada".

"Ah, Reuben", dijo el hombre mucho más grande, poniendo su mano en el hombro del ex explorador, "soy joven y testarudo. No puedo evitarlo". Él se rió entre dientes. "Y ella tampoco, no debería extrañarme".

Cole consideró el terrible error de juicio que había cometido al solicitar la ayuda de este hombre groseramente engreído. Quería decir algo pero sabía que este no era el momento ni el lugar, así que lo soltó y entró a la cabaña.

En el interior, el aire era denso y congestionado. A pesar de que una de las pequeñas ventanas estaba abierta, la penumbra lo envolvía todo, lo que le daba una atmósfera deprimida, antipática y poco atractiva. En la trastienda se habían reunido las mujeres. Amelie lloraba silenciosamente en un pañuelo, Sarah Cartwright hacía todo lo posible por consolarla. En la cama, horriblemente pálido, el Sheriff Ryan Stone y de pie ante ellos, Doc Wycliffe.

"Ahora está cómodo", decía Wycliffe mientras salía de la habitación, arremangándose las mangas sobre sus gruesos antebrazos. "Tengo que decir que fue un toque y listo por un momento, pero él es joven y fuerte. Él lo logrará".

"Gracias, Doc"

"Es mi trabajo, Cole. El tuyo es cazar a los bichos que hicieron esto".

"Lo haré".

Gruñendo, Wycliffe estudió a Monroe de pies a cabeza. "¿Este es su ayudante?"

"El único que pude contratar".

"Buena suerte con eso entonces", dijo y se marchó.

"¿Qué diablos quiso decir con eso?" Preguntó Monroe, como si estuviera a punto de seguir al buen doctor y abordarlo.

"Quizás podrías decírmelo".

Un ceño fruncido apareció en el rostro de Monroe. "Escucha, soy el único que dio un paso al frente cuando viniste a preguntar. Harías bien en recordar eso, viejo".

"Ah. ¿En serio?"

"¡Tienes razón!"

La mano del grandullón se cernió cerca del Especial de Policía en su cintura, el tipo de arma de fuego que Sterling Roose había empezado a usar en las últimas etapas de su vida, antes de que todo eso llegara a un final abrupto y espantoso. Pegado a secar al sol abrasador como una piel de búfalo. Cole respiró hondo y se tragó el recuerdo de su viejo amigo. "Te diré una cosa, Monroe, cabalgamos, tú me sigues. Y mientras tanto, mantén la boca cerrada".

"Piensas mucho en ti mismo, ¿no es así, viejo? La gente dice que solías cazar indios".

"¿Eso dice la gente?"

"Sí, eso dicen. Dicen que mataste a muchos hombres, pero eso fue hace mucho tiempo, dicen. Ahora, todo lo que haces es mecerte en tu silla y pasar la hora del día masticando. Todo lo que hiciste, es historia para ti ahora".

Los ojos de Cole se entrecerraron y, de repente, ya no se sentía viejo en absoluto. "Veamos, ¿de acuerdo?"

"Si. Deberíamos. Y cuando encontremos a estos asesinos, seré yo quien les ponga fin, puedes creerme en eso".

"Sí, porque estuviste en esa batalla, ¿no?"

"Sugar Point. Así es".

Cole fue a darse la vuelta, pero se detuvo cuando Monroe dijo: "¿En cuántas batallas has estado, eh?"

Cole se volvió y dejó escapar un largo suspiro. "Suficiente".

El grandullón no parecía creer las palabras del ex explorador, pero Cole ya no estaba de humor para intercambiar sutilezas. Fue a la trastienda para ver cómo estaba Stone.

"Hola, extraño", dijo Stone. Apoyado en una masa de almohadas, Sarah se sentó a su lado mientras Amelie se preocupaba, abriendo gavetas y las puertas del armario.

Cole sonrió y levantó la mano. "Ryan, ¿puedes contarme algo más sobre los hombres que vinieron aquí?"

"No mucho más de lo que te dije antes. Eran tres de ellos. Dos blancos y un negro enorme. Buscaban algo y no les importaba a quién lastimaran para encontrarlo".

"Incluida Claudette", dijo Amelie. Salió del armario que había estado revisando. "¿Por qué se la llevaron?"

"La secuestraron", enfatizó Stone. "Sin duda para pedir rescate, por lo que sea que estén buscando".

"Pero qué puede ser", dijo Amelie, su voz aguda, cerca de romperse. Ella se dejó caer en la cama. "No somos ricos. Todo lo que teníamos lo pusimos en este lugar. ¿Y por qué disparar contra Joshua de la forma en que lo hicieron? Todo es tan absurdo".

"Sea lo que sea lo que estén buscando", dijo Cole, "Vale tanto como para matar por ello. Estos son hombres desesperados, capaces de cualquier cosa".

"Pero esto no es el Salvaje Oeste", dijo Sarah. Parecía preocupada, el sudor le corría por el labio superior. Esto no era lo que querían encontrar, ella y su marido, cuando decidieron abrir el hotel. Por su expresión eso estaba claro.

"Esta región todavía no está domesticada", dijo Cole, "y dudo que lo sea durante mucho, mucho tiempo".

Amelie dijo: "¿Y si asesinan a Claudette?"

Cole hizo todo lo posible para sonar tranquilizador, pero no era un actor y sus palabras no lograron impresionar a la hermana menor. "Lo dudo, señorita Gower. ¿Cuál sería el punto en eso?"

"¿Qué sentido tiene *todo* esto?"

A eso, Cole no tenía respuesta. Se trataba de dos solteronas que vivían solas en esta casa bien equipada, cómodas pero no ricas. Hombres desesperados, que buscan ganar algo de dinero rápido, no irrumpir, matar y secuestrar a menos que haya algo que valga la pena.

"Señorita Gower", dijo Stone desde la cama, con la voz tensa pero bajo control. "¿Está usted segura de que no había objetos de valor en la casa? ¿Joyas, dinero en efectivo, *cualquier* otra cosa?"

"Nada, Sheriff. Somos gente sencilla que trata de vivir nuestra vida en paz y tranquilidad".

"Además", intervino Sarah, "seguramente sabrían si había algo aquí, ¿no es así?"

"Tiene razón, señora Cartwright. No puedo creer que esto haya sido una redada al azar", dijo Stone. "Señor Cole, estaré lo suficientemente bien para montar pronto. Si prefiere esperar un poco, me uniré a usted para llevar a estos hombres ante la justicia".

"Cuanto más esperemos, más se alejarán".

"Sí", dijo Stone, resignado a la realidad de la situación. Pero tienes un solo hombre. No dudo de tu deseo, ni de tu experiencia, pero..."

"Ya usted no es joven", intervino Amelie. Levantó la mano mientras Cole iba a hablar. "He oído todo sobre usted, señor Cole. Cómo rastreaba a villanos y salvajes y cosas por el estilo, cómo hizo justicia sin piedad, pero la última vez que se enfrentó a esos hombres fue...

"Hace menos de un año", dijo Cole rápidamente, ansioso por no escuchar más de esta diatriba. "Fui en ayuda de mi viejo amigo, Sterling Roose".

"Sí..." La voz de Amelie Gower se apagó. "El Sr. Roose fue un buen Sheriff, no tengo ninguna duda, pero el hecho de que ambos estaban muy fuera de su alcance solo demuestra cómo la edad nos debilita a todos, señor Cole, de muchas maneras".

"Fuera de mi profundidad". Cole dejó escapar un largo suspiro. "Señorita Gower, les disparé a todos. Todos ellos muertos. Ahora, si me disculpan, tengo un trabajo que hacer".

Le lanzó una mirada a Stone, sabiendo que el joven alguacil sabía la verdad de lo que había sucedido, y se fue, dejando a Amelie Gower conmocionada, sin palabras de hecho, y Sarah se movió para poner su brazo alrededor de ella y darle una sensación de consuelo.

CAPÍTULO NUEVE

SARAH Cartwright preparó un té para Amelie y Stone antes de salir para contemplar la tierra vacía por la que habían viajado Cole y su compañero. Su mente se desvió hacia otras cosas. No por primera vez, se detuvo en el momento en que accidentalmente chocó con el predicador. Solo por momentos fugaces se presionaron juntos, pero en ese breve parpadeo de tiempo ella sintió la fuerza de su forma, sintió la fuerza de sus brazos, exploró la dureza plana de su estómago. La sensación la había emocionado. Habían pasado dos años desde que enterró sus pensamientos sobre el episodio que casi le había costado su matrimonio. Se hizo promesas tanto a ella como a Lewis de que nunca volvería a suceder. Sin embargo, los dulces recuerdos invadían a menudo sus momentos de sueño y sabía que era una locura negar hechos simples. Lewis era un hombre bueno y trabajador, pero no atento. Él no podía domesticar su espíritu rebelde.

¿Pero podría un predicador?

Sacó esos pensamientos de su mente. Este era un lugar nuevo, una oportunidad para empezar de nuevo. Estaba decidida a hacer todo lo posible para que el hotel fuera un éxito. Su matrimonio también. Lewis estaba bajo estrés. Eso era todo. Las cosas cambiarían, por supuesto que lo harían. Todo lo que se necesitaba era tiempo.

Una voz cortó sus pensamientos haciéndola saltar. "Sarah, ¿se han ido?"

La cara generalmente de buen humor de Amelie parecía llena de preocupación y tensión. "Sí", dijo Sarah. "Espero que regresen con buenas noticias".

"Rezo por eso. Claudette no es tan fuerte como era. Estoy preocupada".

Acercó una silla y se sentó junto a Sarah en el porche.

"Este era un buen lugar", dijo en voz baja. "Teníamos tantas esperanzas y sueños. Joshua fue un regalo del cielo, trabajando tantas horas, sin quejarse. Es terrible lo que hicieron esos monstruos, matarlo como... Como un pobre y miserable animal".

"Él debe haber tratado de detenerlos".

"Sí, y lo cortaron y lo dejaron blanquear al sol". Convulsionada por un nuevo ataque de desesperación, se apretó los ojos con un empapado pañuelo de seda. "¿Por qué tuvo que pasar esto?"

"No lo sé. Parece que esta ciudad no está domesticada en absoluto. Sigue siendo parte del Salvaje Oeste, ¿no?"

"¿El salvaje Oeste? Cosas de leyendas, para que te hagan creer. Los periódicos y las novelas de diez centavos lo hacen terriblemente romántico. Ladrones de bancos, pistoleros, agentes de la ley. Es muy fácil permitirse creer que nada de eso sucedió realmente. Pero sucedió, y todavía está sucediendo".

"Tienes razón. Sucumbimos al atractivo de una buena vida, de espacios abiertos, de aire puro y de oportunidades infinitas. Estábamos tan llenos de esperanza, mi esposo y yo. Planeamos hacer un verdadero éxito en el hotel. Nos aseguraron que Colorado estaba domesticado, pero por lo que el señor Cole insinuó, está lejos del idilio rural que la gente de bienes raíces nos vendió en la ciudad de Kansas".

"Todos son buitres de ese tipo, solo para obtener la mayor cantidad de dinero posible de ti".

"Pensamos que lo conseguimos a buen precio. Me refiero al hotel. Está muy bien. Quizás, una vez que esté listo, podamos dejar de lado los miedos y las preocupaciones y convertirlo en algo especial".

"Sí, una vez que se abra el ferrocarril. Esa es la razón por la que ustedes lo compraron, ¿Es así como he escuchado? ¿La promesa de un flujo constante de clientes?"

"Se corre la voz rápido, ¿no?"

"Una nueva cara en este pequeño lugar sobresale una milla, especialmente cuando es una tan hermosa como la tuya, Sarah. La gente es naturalmente curiosa, y con tu carruaje sin caballos rodando por la calle principal, las noticias seguramente viajarán muy rápido".

Era una sensación incómoda saber que todo el mundo te conocía pero tú no conocías a nadie. Sarah hizo todo lo posible por ocultar su malestar. ¿Qué más estaban diciendo? Se preguntó.

"Lo harás todo un éxito, sé que lo harás", comentó Amelie.

"Requerirá mucho trabajo duro antes de que esté listo para su apertura. Pero lo haremos. Lewis está muy decidido".

"¿Lo está?"

"Oh sí. Él quiere que el Elegance sea un éxito. Yo también", dijo Sarah.

"Y lo que pasó, nada de eso te preocupa en absoluto".

"No conocemos ninguno de los detalles. No estoy del todo seguro de si realmente sucedió algo".

"Oh, ciertamente sucedió, Sarah".

"Estoy intrigada por eso".

"Tanto Claudette como yo hemos hablado sobre cómo creíamos que este territorio ahora era un lugar pacífico. Pero después del terrible incidente con mi hermana y Joshua, no estoy tan segura. Lo que pasó aquí, en el hotel, no fue, como la mayoría de nosotros esperábamos, la última mancha en nuestra comunidad". Retorciendo las manos, se volvió con voz trémula. "Asesinatos, robos, todo eso. Cosas enterradas profundamente. Pero ahora... Ahora, esas plagas, han regresado". Volvió a mirar a Sarah. "Este no es el lugar tranquilo que parece ser. Supongo que nunca lo fue".

"Una mancha, dijiste. ¿Qué tipo de mancha?"

"No es una historia fácil de contar. Espero estar haciendo lo correcto si te lo digo". Amelie miró hacia arriba rápidamente. "No es que no confíe en ti, no es eso, es... Es... Bueno, podría afectar la forma en que ves las cosas, cómo conduces tu nueva vida". Respiró hondo y con dificultad, y de repente tomó una decisión. Comenzó tentativamente, presentando a los personajes principales, la hora, la situación, hasta donde ella sabía, y luego relató el horror total de lo que había sucedido.

CAPÍTULO DIEZ

COLE volvió a su caballo y se quedó allí un momento, contemplando la silla. Se sentía cansado y preocupado.

"¿Qué ocurre?"

Cole se volvió hacia Monroe, el cual estaba sentado grande y orgulloso en el lomo de su caballo. Parecía aburrido pero no cansado. Alerta, como si esperara algo. Cole no sabía qué, pero su malestar crecía con cada minuto que pasaba en la compañía de este hombre. "Pistas", dijo en voz baja y se subió a la silla de montar.

"¿Qué, te refieres a señales?"

"Así es".

"Entonces, ¿estamos en el camino correcto?"

"No están ocultando hacia dónde se dirigen. Pero uno de ellos va a pie".

"Podría ser la mujer".

"Ese es mi pensamiento también. Es vieja y no estoy seguro de cuánto puede resistir con este calor". Para darle más peso a sus palabras, se quitó el sombrero y se secó la frente con el pañuelo. "¿Cómo lo llevas?"

"Oh, no tiene que preocuparse por mí, señor Cole. Estoy acostumbrado a vivir lo duro".

"No lo dudo".

Pateó los flancos de su caballo y siguió adelante.

. . .

El aire zumbaba con la intensidad del sol. Manteniendo los ojos en el suelo, Cole notó cómo cambiaban las pistas. Aquellos a los que perseguía se estaban reduciendo a un paso. Pronto estarían a la vista, luego tendría que decidir qué hacer. Tres de ellos, dijo Stone, pero la mujer era el problema. Una vez que comenzaran los disparos, ella sería la primera en morir. Tendría que esperar hasta el anochecer, acercarse sigilosamente a ellos en un ataque sorpresa. Esperaba que sus viejos huesos respondieran positivamente. La idea de gatear sobre la tierra dura y cocida no era algo que le gustara.

Subió a su caballo por una pendiente pronunciada, lejos de las huellas frescas y claras. En su saco de dormir estaba su telescopio, el que tan bien le había servido a lo largo de los años. Si pudiera encontrar una posición ventajosa, bien podría averiguar qué tan lejos estaban y cuál era la mejor manera de superarlos.

Tal como estaban las cosas, cuando llegó a la cima, no necesitaba el largavistas.

Estaban acampados en una pequeña hondonada, sentados alrededor de un fuego abierto, con algo asándose en un asador improvisado.

Tres hombres.

A su derecha, un bulto. Un bulto blanco, lo suficientemente grande como para ser una persona.

Alcanzando su telescopio, se concentró y respiró hondo.

Era una mujer. Claudette claramente. Ella parecía inconsciente, tendida allí al aire libre, sin moverse.

¿Estaba muerta?

Maldiciendo, Cole cerró de golpe el telescopio y se giró para enfrentarse al sonido de los pasos que se acercaban de Monroe. "Parece que...", comenzó, pero no avanzó.

La culata del Winchester se estrelló con fuerza en su

cara, y cayó hacia atrás con un fuerte gruñido, los sentidos se arremolinaron, los destellos de dolor cegador superaron su visión.

Algo se movió. No sabía qué. Manos fuertes lo levantaron, la voz de Monroe desde un centenar de millas de distancia diciendo: "Eres demasiado viejo para este tipo de cosas ahora, Cole". Y un puño estalló en sus entrañas, empujándolo hacia adelante. Una mano debajo de su barbilla. Levantando su rostro. A través de los ojos nublados y llenos de lágrimas, logró distinguir a Monroe. Sonriendo. Grande y corpulento. ¿Por qué lo había reclutado? Debería haberlo sabido, debería haber...

La forma de un gran puño llenó su mundo. Luego el impacto. Masivo. Total. Rompiendo huesos, haciendo sonar su cerebro dentro de su cráneo, arrojándolo a un torbellino de oscuridad, arrastrándolo para siempre hacia abajo.

Tardó horas, tal vez, por lo que sabía, días después.

De espaldas, parpadeando al sol. Un enorme orbe blanco, ardiendo a través de su rostro, un rostro palpitando de dolor.

Rodando sobre su costado, dejó escapar un gemido prolongado y vomitó sobre la tierra. Tosiendo, se quedó así durante algún tiempo, luchando por encontrar la fuerza para sentarse. Desesperado por agua. Desesperado por comprender lo que había sucedido. Desesperado por dormir.

Cole sucumbió.

La próxima vez que se despertó, era casi de noche, el sol estaba bajo en el horizonte. Avanzada la noche. En el mejor de los casos, quedaba una hora de luz del día débil. Un buitre, una cosa enorme, ojos amarillos y virulentos estudiándolo, estaba a sólo unos centímetros de distancia. Gritó, golpeó salvajemente con la mano y chilló, voló hacia atrás un par de pasos y volvió a asentarse. Esperar. Sabía algo. Algo que quizás Cole aún no había adivinado.

Se obligó a sentarse. Un gran martillo de dolor le atravesó la mandíbula. Monroe debió haberlo golpeado con su Winchester, el que había dejado con su caballo cuando llegó a la cima de la colina y gateó para echar un vistazo por el borde. Ver a Claudette. Eso lo recordaba mucho. Con cautela, sintió su mandíbula. Hinchado, palpitante, su corazón latía con tanta fuerza entre los moretones. Se pasó la lengua por el interior de la boca y agradeció a Dios que todavía tenía todos los dientes.

La sed apretó su garganta en una pinza llena de agujas. Le tomó un tiempo tragar.

Mirando a su alrededor en la creciente penumbra, se fijó en lo que le rodeaba. Aparte del buitre, se dio cuenta de que todavía estaba en la cima de la colina. Pero esa era la mejor noticia. Monroe se había llevado sus botas y su pistola.

Y esa no fue la peor noticia.

Bajando hacia la parte llana, vio que su caballo se había ido.

Se arrugó en la desesperación.

Esto estaba mal. Peor que mal. Esta era una sentencia de muerte.

CAPÍTULO ONCE

LA HISTORIA, contada por Amelie, era mala. Muy mala. Habían pasado casi cuarenta años y el asesinato de Benjamin Mumford seguía sin resolverse. El hotel bar cambió de manos muchas veces desde entonces, pero nadie se quedó por mucho tiempo. Los últimos propietarios se fueron bajo una especie de nube. Se hablaba mucho de asuntos ilícitos, pero la verdad seguía sin estar clara y, de todos modos, a nadie le importaba. Eso había sido hace cuatro años. Y ahora los Cartwright eran los nuevos dueños.

Sarah se sintió entumecida. El horror de que su casa fuera el escenario de un asesinato la incomodaba profundamente. Ella se estremeció involuntariamente. Amelie le dio un reconfortante apretón de muñeca. "No se preocupe, no hay historias de fantasmas vinculadas con el espantoso hecho".

"No bromee", dijo Sarah, no de humor para la brevedad. "¡Pensar que en realidad he dormido en ese lugar sin saberlo!"

"¿Quizás eso sea lo mejor? Imagine las pesadillas".

"Espero", dijo Sarah con cautela, "que no haya más historias espantosas sobre nuestro nuevo y encantador hotel".

"No que yo sepa, pero tenga la seguridad de que si

puedo desenterrar alguna, usted será la primera en escucharla".

"¡Oh gracias! Eso será una gran fuente de consuelo para mí en los próximos días".

El sonido de su risa se redujo a un silencio incómodo mientras ambas se perdían en sus pensamientos.

"Ojalá nos hubiéramos conocido en circunstancias más felices", por fin dijo Amelie.

"Estoy segura de que terminará bien. El señor Cole parece un hombre muy confiable".

"Oh, estoy segura de que lo es, pero ya pasó sus mejores momentos. Hace veinte años, no tendría preocupaciones, pero esos hombres que irrumpieron aquí... Ella se estremeció. "Animales. Salvajes. No estoy segura de que el señor Cole tenga suficiente arena para llevarlos ante la justicia".

"¿Debe haber estado aquí cuando ocurrió el asesinato del hotel?"

"No, él estaba trabajando con el ejército en ese entonces. La guerra estaba en sus últimos estertores, por así decirlo. Este pueblo no era más que una lamentable colección de viejas chozas en ruinas. Recuerdo que el hotel se construyó en esa atmósfera de esperanza y rejuvenecimiento. Creo que todos creían que la paz nos traería una enorme riqueza y felicidad". Amelie suspiró. "Qué tontos fuimos".

"Aun así, el hotel se construyó y la ciudad creció".

"Sí. La gente se estaba abriendo camino hacia el oeste una vez más. El sur fue devastado, pero aquí, donde la guerra apenas nos había tocado, la gente se reunió para establecer nuevas comunidades y mejorar las antiguas".

"Espero que lo que le hagamos al hotel le haga justicia a la ciudad. Queremos ayudar a traer una inversión renovada, apoyar negocios, ayudar a desarrollar la ciudad en un lugar en el que la gente se sienta orgullosa, un lugar donde la gente vendrá a establecerse y vivir".

Sonriendo, Amelie se acercó y apretó la mano de Sarah. "Le deseo mucho éxito".

"Gracias, y deseo que su vida vuelva a la normalidad".

"Así será, cuando mi hermana esté en casa sana y salva".

Una pisada hizo que ambas se volvieran.

Ryan Stone estaba en la puerta, su pecho fuertemente vendado, pero con un brillo saludable en su rostro.

"Señor Stone", gritó Amelie, poniéndose de pie de un salto. "Va a atrapar su muerte con un resfriado. ¿Qué hace fuera de la cama?

Ella fue hacia él, tomándolo tiernamente del brazo, preparándose para conducirlo de regreso al interior.

Stone le apartó la mano con suavidad, pero con firmeza. "Estoy bien, señorita Gower. Se lo aseguro".

"Bueno, va a hacer frío, Sheriff. No quiero que atrape nada".

"Señorita Gower". Su tono era serio, provocando que ambas mujeres se pusieran tensas. "Necesito saber".

"¿Saber qué?"

"¿Qué buscaban esos hombres? Para matar a su sirviente, destrozar este lugar y secuestrar a su hermana.

Dando un paso atrás, Amelie se dejó caer en su asiento. "No lo sé".

"¡Usted debe saberlo!" La siguió, elevándose sobre ella, rostro severo, duro. "¿Qué podrían tener ustedes que ellos quisieran?"

"Se lo dije", había inclinado su rostro hacia adelante para mirar a través de la llanura que se oscurecía, "No lo sé".

"Creo que usted sí lo sabe".

"¡Sheriff!" espetó Sarah, horrorizada. "¿Cómo se atreve a insinuar que la pobre Amelie podría estar mintiendo?"

"Está bien, Sarah", dijo la menor de las hermanas Gower.

"¡No, no lo es, Amelie! Sheriff, usted no tiene motivos para acusar a Amelie de..."

"No la he acusado de nada, pero hay algo que no nos está diciendo. Tengo suerte de estar vivo, lo sé, pero si esos hombres estaban dispuestos a matarme a tiros y a cualquiera que se interpusiera en su camino, lo que buscaban debe ser de gran importancia. O valor. Piense, señorita Gower. ¿Hay algo, no importa lo insignificante que pueda parecer, que pudieran haber querido?"

Sacudió la cabeza, inhaló y se secó las lágrimas renovadas con un pañuelo de seda que sacó de la manga.

"Por favor, señorita Gower, se lo suplico. Si hay algo que pueda..."

Su cabeza giró, un ceño de furia abyecta se apoderó de sus rasgos. "Ya se lo he dicho, Sheriff, pero..." Ella respiró hondo. "Me dormiré pensando en ello y le diré por la mañana si se me ocurre algo".

Gruñendo, Stone inclinó ligeramente la cabeza, sonrió brevemente hacia Sarah y se volvió, diciendo: "Eso es todo lo que pido, señorita Gower. Buenas noches".

Las dos mujeres se sentaron en silencio, ninguna de las dos devolvió el saludo de despedida del joven Sheriff.

CAPÍTULO DOCE

A PESAR de su cansancio, el nuevo día parecía ofrecer a Monroe un poco de esperanza. Empapado en sudor, su cuerpo brillaba como una babosa. Los esfuerzos de la noche lo dejaron debilitado. El tiempo era el gran sanador, o al menos así decía el refrán. Para Monroe, esperar era algo que había aprendido a aceptar. No siempre había sido un proceso sencillo. Naturalmente impaciente, ansioso por seguir adelante con las cosas, esperar era una pérdida, en lo que a él concernía. Encerrado en su tormento, se sintió un poco seguro de que pronto podría seguir adelante con su vida.

Parpadeó. El sol, cálido y brillante, le trajo energías renovadas y se sentó. Los demás roncaban y gemían a su alrededor, aliviados y seguros. Monroe les trajo sentimientos de seguridad. Ese era su don, su poder. Incluso la mujer, a quien él creía muerta cuando los encontró por primera vez, dormía el sueño de los contentos. Sí, este sería un buen día, reflexionó.

Cerrando los ojos, las imágenes de la noche pasada invadieron su cerebro, quemando la parte posterior de sus ojos con la viveza del recuerdo. Un estremecimiento involuntario lo atravesó. ¿Cómo pudieron haber pasado tantas cosas en tan poco tiempo?

Derribar a Cole fue bastante fácil. Despojarlo de la

pistola y las botas apenas le hizo sudar. Dejarlo al aire libre sin agua y sin medios para volver a la casa de la hermana significaba que el viejo explorador no sobreviviría aquí. Agotamiento por calor seguido de sed paralizante. Se arrastraría bajo un grupo de salvia, se marchitaría y moriría.

Perfecto.

Para cuando llegara un grupo de búsqueda, Monroe y los demás estarían lejos. La anciana les diría todo lo que querían saber, y luego las riquezas fluirían a sus bolsillos.

Simple.

Excepto por el caballo.

El maldito caballo no obedecería. El caballo de Cole. Un animal de caza, tan pronto como Monroe dio un paso en su dirección, se encabritó, salvaje, impredecible. Agarrar las riendas simplemente hizo que saltara. Y luego salió disparado, galopando hacia la noche antes de que Monroe pudiera hacer algo al respecto.

Cole debe haberlo entrenado para reaccionar de esa manera.

Por una pequeña compensación, Monroe pateó el cuerpo inconsciente de Cole varias veces en las costillas.

Había disfrutado eso.

Soltando un largo suspiro, Monroe se puso de pie. Necesitaba café, así que se acercó al bulto dormido más cercano y despertó al hombre con su bota.

Rodando, enojado, desorientado, todavía medio dormido, el hombre arremetió con ambas manos. Eran manos grandes y callosas, las manos de un obrero o un trabajador agrícola. Apretándose los ojos con los puños, se limpió los últimos vestigios de sueño y bostezó ruidosamente. "¿Qué haces despertándome de esa manera?"

"Levántate Constantine, y prepárame un café".

El hombre enorme lo fulminó con la mirada. "Hazlo tú mismo".

La voz de Monroe, cuando volvió a hablar, tenía

algo. Amenaza. Suficiente como para hacer que el hombre considerara su próximo movimiento. No acostumbrado a la intimidación, intuyó instintivamente que había peligro bajo la superficie. Él se puso de pie. Una pulgada más alto que Monroe, sin embargo, se encogió de miedo, con los ojos bajos. "Sí, claro", dijo y se tambaleó hacia los restos de la fogata de la noche anterior y tomó la cafetera. "Iré a lavarla y tomar agua limpia en el arroyo. No tomará mucho tiempo".

"No importa eso", dijo Monroe, "solo consigue los granos y hazlo".

La mención del arroyo le preocupaba a Monroe. Si Cole podía encontrarlo, y por supuesto que podía, entonces recuperaría la fuerza suficiente para regresar. Maldijo en voz baja.

"¿Qué es eso?" dijo Constantine, echando el último de los granos en la olla.

"Nada. Solo apúrate".

Monroe encontró una roca adecuada, se dejó caer sobre ella y miró a la mujer que aún dormía. "¿Ella no te dijo nada?"

"¿Eh? ¿Ella?" Constantine negó con la cabeza. "Ni una palabra. Ella es un pájaro viejo y duro, así la valoro. Hemmings la abofeteó un poco, pero ella no renunciaría a nada".

"¿Y la caja de valores y escrituras?"

"Estaba vacía, salvo por un antiguo plano del lugar. Supongo que podría ser útil".

"¿Pero sin papeles de abogado, sin escrituras, sin testimonios firmados?"

"¿Estás sordo, Seb? Dije que estaba vacía". Miró a su alrededor. "Necesito agua. Tendré que traer un poco".

"Enciende el fuego primero".

¡Demonios, puede que sea negro, pero no soy tu esclavo! ¡Fuimos liberados, recuerda!"

Monroe estudió los rasgos del hombre, la nariz ancha, la piel que parecía tan suave, reluciente al sol.

Monroe lo había visto sin camisa, sabía que era un magnífico espécimen de virilidad, pero su insolencia lo irritaba terriblemente. "¡Solo hazlo!"

"¿Y qué vas a hacer si no lo hago?"

En un instante, Monroe sacó la pistola de Cole de su pretina, montó el martillo y apuntó infaliblemente con un movimiento suave. "Te mataré".

Por un momento fugaz, pareció que Constantine podría reaccionar, pero entonces algo se le ocurrió: la certeza de una muerte inminente, tal vez. Sus hombros cayeron y se dio la vuelta.

Monroe le disparó de todos modos, entre los omóplatos, y vio al gran hombre caer de bruces al suelo.

Suspirando, Monroe se sentó y esperó a que el resto del campamento cobrara vida, lo que hicieron en un lío de aleteo de brazos, chillidos agudos y desesperados arañazos de armas de fuego. Excepto por la mujer, por supuesto, que estaba sentada inmóvil como una piedra, con los ojos clavados en él mientras hablaba. "Vas directo al infierno, lo sabes, ¿no?"

Monroe cerró los ojos. Su expresión lo inquietaba, a diferencia de sus palabras, que no le impresionaban en absoluto. "Lo sé desde hace mucho tiempo, señora".

"Bueno, estoy contenta por eso".

Monroe se levantó para recuperar la cafetera, ignorando los gritos de sus compañeros y sus patéticos intentos de revivir al muerto Constantine. Pronto, sus voces confusas y excitables se convirtieron en nada más que ruido de fondo, y con el goteo del arroyo, se sentó, se lavó la cara con agua y ya sabía que el día se había vuelto muy malo.

CAPÍTULO TRECE

STONE no estaba seguro de qué lo despertó, pero se sentó, alerta, y tomó su arma. Haciendo una mueca cuando una punzada de dolor recorrió su pecho, se levantó lentamente de la cama y se puso de pie. Tomándose su tiempo, calmando su respiración, caminó hacia la puerta abierta del dormitorio y escuchó por un momento. No había nada, así que salió directamente al porche.

Era el caballo de Cole.

Con dolorosa pero necesaria lentitud, Stone bajó y se acercó al animal, consciente de la necesidad de no hacer ningún gesto repentino. Sin embargo, el caballo parecía tranquilo. Vigilante, sus ojos nunca lo dejaron mientras tiernamente extendió una mano y le acarició la nariz.

"¿Dónde está tu amo, eh?" Dijo suavemente.

Escaneó los alrededores. No había ni rastro de Cole, y el miedo se arrastró gradualmente por la columna vertebral de Stone. El hombre que lo acompañaba, al que Cole claramente tenía recelos, también había desaparecido. Nada de esto parecía correcto.

Conduciendo al caballo a la parte trasera de la propiedad, entró en la frescura del establo. Trabajando rápido pero con cuidado, quitó la silla y las bridas y, a pesar de su malestar, limpió al caballo antes de ir a buscar avena. El abrevadero estaba a pocos pasos. Dejando caer la silla sobre la barandilla que separaba los puestos, Stone notó la vaina de Winchester vacía. Esto definitivamente no era bueno.

Salió del establo nuevamente.

Amelie estaba allí, todavía vestida con su camisón, estirando los brazos. Ella sonrió cuando Stone se acercó, una sonrisa que se desvaneció al ver el estrés obvio que estaba sufriendo.

"¿Sheriff? ¿Qué está pasando?"

"Es el caballo de Cole", dijo, poniéndose a su lado. "Debe habérselas arreglado para regresar hasta aquí".

"¿Pero dónde está el señor Cole?"

Stone se encogió de hombros. "No lo sé". Permitió que sus ojos volvieran a la vasta extensión de territorio desalentador y abierto. "Por ahí en alguna parte".

"Oh, Dios mío", dijo. "¿Cree que le ha pasado algo?"

Stone asintió. "Esa es mi suposición".

"¿Algo malo?"

"Quién puede decirlo, pero su caballo no habría regresado aquí si todo hubiera estado bien, eso es seguro". Una repentina resolución apareció en sus rasgos. "Voy a salir a ver si puedo seguir su rastro. Tomaré el caballo de Cole y..."

"No puede", soltó Amelie. "Sheriff, por el amor de Dios, ya han intentado asesinarlo, ¡no fallarán la próxima vez!"

"Estaré bien. Lo tomaré con mucho cuidado, señorita Amelie, lo prometo".

"Al menos espere hasta que regrese el doctor Wycliffe, dijo que llamaría para verificar su progreso".

""Bueno, esperaré una hora a que el caballo de Cole se recupere un poco, pero luego saldré. ¿Dónde está la señora Cartwright?"

"Regresó a la ciudad después de que usted se durmiera. Ella también va a volver, con el buen doctor, no me extrañaría".

"Es una lástima que ninguno de ellos tenga un rifle que pueda usar. ¿Supongo que no tienes uno por ahí? "

"El viejo Joshua solía tener un viejo mosquete Enfield en su barraca".

"¿Sabe si tendrá algunos cartuchos?"

"Eso creo. Es un arma vieja, de tal manera que usaba pólvora y perdigones de plomo para ahuyentar a los coyotes". Sus ojos se pusieron vidriosos. "Pobre Joshua, era inocente en todo esto. ¿Quiénes son estas personas, Sheriff?"

"Usted dijo que iba a pensar en lo que dije, señorita Amelie, si hay algo que pueda pensar que haya traído a estos hombres aquí".

"He pensado que sí. Hay algo. La única cosa. Entre, Sheriff. Le prepararé un poco de desayuno y le diré lo que sé. Debería haberlo pensado antes, pero con el ataque, el secuestro de Claudette, Joshua... Espero que ayude".

"Es comprensible, señorita Amelie. Con todo este disgusto, es una maravilla que recuerde algo".

"Es usted muy amable, Sheriff, pero temo que mi falta de sentido común haya puesto a todos en peligro de muerte".

Ella lo tomó del brazo y lo llevó adentro.

CAPÍTULO CATORCE

COLE sabía que estaba allí, podía olerlo y oírlo. En algún momento de la noche, se arrastró hasta el arroyo y se sumergió de cara en el agua fría. El frío impactante explotó a través de su piel, revitalizándolo, y se revolcó en él, permitiéndose todo el tiempo que necesitaba para restaurar la fuerza y la movilidad de sus huesos doloridos.

Más tarde se durmió.

El calor del sol de la mañana lo despertó. Un nuevo lavado, más bebida, y se puso de pie, moviéndose con sigilo y velocidad, manteniendo el arroyo cerca. Empapado hasta la piel, al principio se estremeció de frío. Pronto el calor dejó su huella, y en una hora, estaba seco.

Siguió las huellas, preguntándose qué le había pasado a su caballo. Monroe debió haberlo tomado. Se había llevado todo lo demás. El seguimiento mantuvo su mente enfocada, lo obligó a continuar a pesar del latido en la línea de la mandíbula y la incomodidad de sus pies descalzos en el duro suelo. Con cada paso, la sacudida le hacía estremecerse. Constantemente sentía por todo su rostro, buscando huesos rotos. Tuvo suerte de que no hubiera ninguno.

El dolor de sus pies sangrantes y llenos de ampollas

finalmente lo obligó a buscar refugio. Desde la posición del sol, trató de calcular cuánto tiempo se había estado moviendo por la llanura. Adivinando que no debieron haber pasado más de tres horas, encontró matorrales junto al arroyo y se las arregló para cubrirse lo suficiente como para protegerse del resplandor del sol.

Necesitaba esperar hasta que el aire se enfriara un poco.

Casi un día entero.

La noche venidera traería un frío intenso, pero sería más fácil viajar. No por primera vez, se preguntó si alguien lo extrañaría. ¿Stone quizás? Si el joven Sheriff estaba lo suficientemente bien, podría salir y buscar. O, con la misma facilidad, podría decidir quedarse en la cama.

Tomando respiraciones superficiales, Cole hizo todo lo posible por descansar. El calor absorbió toda la energía de él, combinándose con sus muchos moretones para hacer virtualmente imposible continuar, por mucho que quisiera.

De tal manera que no lo hizo, y en cambio, se quedó dormido.

Más o menos al mismo tiempo que Cole se acurrucó bajo la maleza, el reverendo Peters salía por la puerta trasera de la pequeña iglesia anexa donde vivía para comenzar su caminata diaria desde la ciudad hacia el campo circundante. Al doblar la primera curva antes de entrar en el sendero tortuoso, gimió por dentro cuando vio a uno de sus feligreses caminando ansiosamente hacia él. Por lo general, había muy pocos transeúntes en esta parte de la ciudad. Aquellos que vio no estaban particularmente interesados en él. Su congregación era pequeña, en su mayoría ancianos, y pocos se aventuraban más allá de las puertas de entrada a menos que fuera absolutamente necesario. Ver a la señora Jenkins fue, por tanto, algo sorprendente. Cuando ella comenzó a saludarlo con furia, pronto se dio cuenta de que tal vez ese día no iba a ser tan tranquilo o ininterrumpido como había esperado. Hombre solitario y reservado, tenía pocos placeres en la vida; uno de ellos era mantenerse en forma, y era un pasatiempo que se perseguía casi tan rigurosamente como sus deberes pastorales. Sin embargo, trató de mantener sus intereses fuera de la vista del público. Sabía que su visita ocasional a la tienda mercantil local para comprar su botella de whisky semanal estaba mal vista, pero nunca había estado borracho, no en todo el tiempo que había hecho sus votos, por lo que podía vivir con las críticas tácitas. Pero guardaba celosamente sus otros placeres. La idea de que la señora Jenkins lo abordara durante la semana era una cosa, pero el hecho de que lo viera con una camisa de cuello abierto y pantalones de trabajo significaría que toda la ciudad conocería sus asuntos antes de que terminara el día. Era una irritación tediosa y fastidiosa que estropearía su día.

"Señor Peters, estoy tan contenta de que sea usted", dijo la Sra. Jenkins, agarrándolo del brazo mientras él bajaba la velocidad a su lado.

Peters se percató del rostro austero y preocupado de la mujer y se dio cuenta de que se trataba de algo más que de los habituales chismes que a menudo recibía. Ella estaba asustada. Ella lo necesitaba. Su impaciencia, y su enfado, si lo había habido, desaparecieron, y sonrió, intentando consolarla. No funcionó.

"Eran tres hombres. No sé quiénes eran, pero era un grupo de mal aspecto. Creí reconocer a uno de ellos, el más grande de los tres, pero no podría jurarlo. No sé dónde están ahora, pero usted tiene que ayudar".

Peters sostuvo el agarre en forma de garra en su brazo, tanto para aliviar el dolor como para tranquilizarla. "Señora Jenkins, intente calmarse".

"No me voy a calmar, señor Peters", dijo con voz

ronca, sus ojos brillando. "¡Estaban tratando de entrar a mi casa! Estaba bajando las escaleras cuando los escuché en la puerta de mi cocina. Uno de ellos estaba tratando de abrirla con una especie de implemento de metal cuando les grité. El señor Jenkins bajó con su escopeta y salieron corriendo". Ella se estremeció. "Odio pensar en lo que podría haber pasado si él les hubiera disparado, pero él quería, créame. Habían roto una ventana, sin duda para intentar abrir el pestillo. Eso es lo que me despertó. El señor Jenkins dijo que debería informar al Sheriff. Quiero decir, es inaudito aquí. Los ladrones no son algo que hayamos experimentado, pero, por supuesto, siempre hay una primera vez".

"Señora Jenkins, por favor, solo trate y..."

"Bueno, salimos afuera. El señor Jenkins me acompañó por si acaso estaban acechando cerca. Pero, por supuesto, cuando llegamos a la oficina del Sheriff, descubrimos que no estaba allí. Y ese espantoso señor Cole, normalmente sentado y mirando, también estaba ausente. Entonces, por supuesto, usted era mi única opción, Reverendo. Mi única opción".

Tengo entendido que el señor Cole fue a la casa de las hermanas Gower. Dijeron haber visto a alguien".

"¡Ah, bueno, ahí está! La misma pandilla, sin duda; se abrieron camino en las casas de la gente, en busca de objetos de valor para robar. Es una vergüenza, se lo digo"

Pero no se llevaron nada, ¿verdad? De su casa, quiero decir.

"¿Me ha estado escuchando?" Su rostro enrojeció. "Le dije, que el señor Jenkins los había ahuyentado".

"Sí, sí, y todo está bien, ¿no es así? ¿Está usted herida?"

"No lo estoy, gracias al Señor. ¿Qué hubiera pasado si hubieran entrado y hubieran dominado a mi esposo? ¿Dónde estaría yo ahora? Tumbada en un charco de sangre sin que a nadie le importara un comino".

"Eso lo dudo señora Jenkins, alguien hubiera venido".

"¿Quién? ¿Quién hubiera venido? ¿Usted hubiera venido? Demasiado interesado en sus paseos diarios mirando el campo y el cielo, soñando despierto".

"Amigos, algún vecino", dijo rápidamente, ignorando sus burlas. "Alguien habría ido a ayudarla".

"Nadie habría venido, Reverendo, nadie. A nadie le importa. Nadie quiere involucrarse. Podría estar muerta".

"Bueno, usted no está muerta, así que tenemos que estar agradecidos". Echó un rápido vistazo a su alrededor. "¿Tiene idea de hacia dónde fueron, en qué dirección?"

"Ninguno en absoluto. Pero sé cómo era el que tenía la mano en mi puerta. Un hombre grande. Cabello rubio, de aspecto desagradable, vestido con una chaqueta azul fina".

Peters frunció el ceño. "¿Alguien de la ciudad, tal vez?"

"La gente de la ciudad se mantiene en sus propios asuntos, señor Peters. No son ladrones". Ella negó con la cabeza enfáticamente. "No, estoy segura de que no son de por aquí. Pero el grande... Lo he visto antes, lo sé. Pero ahora se han escapado. Para cuando el Sheriff decida regresar, ya se habrán ido. Es una vergüenza que no haya dejado a un alguacil a cargo. Ese hombre, Matthias, no vale mucho y se pasa todo el día durmiendo. El pueblo necesita un oficial de justicia adecuado".

"Bueno, creo que eso es lo que estaba haciendo el señor Cole".

¿Ese sinvergüenza? Querido Dios, es peor que cualquiera de ellos. ¡Las cosas que he oído sobre él son suficientes para hacer que los dedos de los pies se doblen!"

Peters contuvo la respiración. Él también había escuchado las historias, pero hizo todo lo posible por ignorar las conversaciones maliciosas. Cole le parecía un hombre honorable, una persona reservada, pero ingeniosa. Sin duda tenía un pasado, pero era un pasado. Era el presente lo que importaba, y Cole parecía una persona justa, a pesar de que nunca asistía a la iglesia. "Señora Jenkins, si se me permite decirlo, usted y su esposo fueron un poco temerarios al enfrentarlos de la manera en que lo hicieron".

Ella lo miró a los ojos, sosteniendo la mirada por un helado momento. "No tenemos a nadie más para protegernos, Reverendo", sus palabras sisearon entre dientes. "Si no nos hubiéramos enfrentado a ellos, volverían, pensando que somos un blanco fácil. Bueno, no lo somos. Asustados, sí, pero tienes que demostrarles que no pueden ganar".

"Desearía tener su coraje".

Ella negó con la cabeza con tristeza. "Yo También desearía que lo tuviera".

"¿Dónde está su esposo ahora?"

"Está de vuelta en casa, reemplazando el vidrio de la ventana. ¿Cuándo volverá el Sheriff?"

"Dije que no lo sé. Pronto, espero". Un pensamiento repentino lo golpeó. "Señora Jenkins, haré lo que pueda. La acompañaré a su casa, tomaré algunos detalles y se los pasaré al señor Cole cuando regrese. Quizás él y el Sheriff intentarán rastrearlos..." Entonces se le ocurrió apresuradamente. "¡Oh, señora Jenkins! Lo acabo de recordar".

"¿Recordar qué?"

El señor Cole. Salió a la casa de las hermanas Gower porque había sucedido algo. La señorita Amelie, ella habló de ello, y Cole partió hacia allí con otro hombre, un hombre grande, con cabello rubio".

"No podrá pensar..." Dejó que su voz se desvaneciera cuando su mano se llevó a la boca. "Pero no, debe ser una coincidencia".

"Oremos para que sea así, señora Jenkins".

Reverendo, si ese hombre es el mismo, entonces

algo debe haberle sucedido al señor Cole. Algo espantoso".

La casa de los Jenkins estaba en una fila de tres al final de un camino estrecho que partía de la calle principal. Era un lugar bastante pequeño, paredes pintadas de blanco con ventanas con marcos rojos y un costoso techo de pizarra. Una glicina se arrastraba alrededor de los pilares que sostenían el dosel del porche.

"La ventana rota está en la parte de atrás", explicó la señora Jenkins, abriendo la pequeña puerta que conducía al ordenado jardín delantero. Ella lo condujo por el camino que rodeaba la casa.

La puerta del porche trasero estaba abierta.

No había sonido desde adentro.

"¿Henry?" gritó: "Henry, he traído al Reverendo Peters y él quiere..." El sonido de su voz disminuyó cuando ella desapareció en el interior.

Peters fue a ponerse detrás de ella y luego se congeló cuando su grito atravesó el aire inmóvil de la mañana.

Se recuperó rápidamente, entró corriendo y la encontró de pie rígida en la cocina, con las manos juntas sobre la boca, mirando lo que había encontrado.

Siguió su mirada y sintió que sus rodillas se debilitaban.

El lugar era un desastre, los armarios abiertos completamente y el contenido estaba tirado por el suelo. Y en medio de todo estaba el señor Jenkins.

Muerto.

CAPÍTULO QUINCE

COLE se sentó, los sentidos en alerta máxima. Inconscientemente, tomó su Colt Cavalry y maldijo cuando recordó que Monroe se lo había llevado. Así que se sentó, escuchando, listo para huir si era necesario.

Dos caballos, acercándose un poco lejos. Las habilidades altamente desarrolladas de Cole no lo abandonaron en ese momento. El sonido que hacían los caballos era distintivo. Solo uno cargaba un jinete.

Rápidamente miró a su alrededor. Había numerosas rocas, ramitas, pero nada lo suficientemente grande como para usarlo como arma. Entonces vio algo, una rama que yacía medio sumergida en la corriente que fluía suavemente. Sin corteza, brillaba con un color blanco marfil bajo el agua. Extendiendo la mano, lo tomó, sopesándola en sus manos. Sería suficiente.

Moviéndose silenciosamente, se alejó del arroyo. Siempre mirando, siempre listo, Cole se deslizó hacia adelante, como un depredador, silencioso como la noche.

El jinete se acercó.

Cole podía oler el sudor del caballo.

Solo un jinete. Sería bastante fácil.

Salió de su escondite, gritando, con las manos en

alto, el garrote improvisado que había encontrado listo para aplastar al jinete.

Tomado por sorpresa, el caballo líder se encabritó aterrorizado. Luchando valientemente, el jinete se aferró mientras detrás de él el segundo caballo sin jinete pateaba y se retorcía en su desesperación por escapar.

Cole se detuvo, reconociendo tanto a los animales como al hombre.

Rápidamente, agarró las riendas del caballo líder y luchó por controlarlo. El animal luchó ferozmente, vivo de terror, con los flancos agitados, las patas delanteras arremetiendo. Apretando los dientes, los músculos tensos, Cole se aferró, calmando al miserable animal con una tranquilidad suave y reconfortante. Finalmente, con una buena dosis de suave coacción, Cole finalmente logró calmarlo. Detrás, el otro caballo parecía saber instintivamente lo que estaba sucediendo. Cuando sus ojos se posaron en Cole, un cambio repentino lo superó. Al instante, el miedo fue reemplazado por alivio, el cuerpo se relajó y avanzó hacia adelante, presionando su cabeza contra el pecho de Cole. Riendo, Cole lo sostuvo con ambos brazos y suspiró: "Cariño, todo está bien".

"¿Cole?"

Cole se volvió en la dirección de la voz y vio a Stone, calmando a su propio caballo, mirándolo boquiabierto con total asombro.

"Cole, ¿qué demonios estás haciendo aquí?" Saltó y abrazó cálidamente al viejo explorador. "Pensé con seguridad que estabas perdido".

"Yo también, Ryan. ¡Yo también!"

El rostro de Stone se puso serio. "Señor Cole, no se ve tan bien".

"Recibí una paliza terrible, Ryan, y fui un tonto por no estar preparado para ello".

"¿Quién fue?"

"El tipo grande que recluté para ayudar. Monroe, se llama a sí mismo, pero no sabría decirte si ese es su nombre real. Está confabulado con los hombres que atacaron a Claudette Gower, y sospecho que estaba merodeando por la ciudad para preparar un plan u otro".

"¿Plan? ¿Qué tipo de plan?"

Acariciando el cuello de su caballo, Cole puso con cautela el pie descalzo en el estribo e hizo una mueca. "Me quitó las botas y el arma, pero me desquitaré". Apretando los dientes, se subió a la silla y se inclinó hacia adelante para calmar al caballo de nuevo. "Sí", dijo, agitando las riendas y haciendo girar al caballo en un círculo cerrado, "creo que están planeando algo. No estoy seguro de qué, pero tiene algo que ver con lo que pasó en la casa de las hermanas Gower".

"Estoy de acuerdo en que es extraño, atacar a Claudette como lo hicieron, disparar al pobre Joshua. Pero Amelie me dijo algunas cosas, señor Cole, información que podría resolver este misterio". Montó en su caballo y se movió junto al antiguo explorador. "Creo que volvemos a la ciudad, te arreglamos y juntamos nuestras cabezas para planear qué hacer a continuación".

"¿Amelie está de vuelta en la cabaña?"

"Sí, ella está allí".

"No estoy seguro de que sea prudente dejarla allí sola. Primero regresaremos allí, luego todos regresaremos a la ciudad".

Stone asintió con la cabeza, apretó la mandíbula, pateó a su caballo al galope y, en poco tiempo, ambos hombres estaban haciendo un corto trabajo en el viaje de regreso a Amelie Gower.

CAPÍTULO DIECISÉIS

SARAH yacía en la cama mirando al techo, haciendo patrones con las grietas, su imaginación creando una gran cantidad de imágenes. Era tarde, pero no le importaba. Podía escuchar a Lewis abajo, arrastrando trozos de muebles, gruñendo, gimiendo, a veces cantando sin melodía. Ella envidiaba su actitud positiva. Para ella, la emoción inicial de la llegada pronto fue reemplazada por ansiedad. Habían asumido demasiado, ella lo sabía.

Dándose la vuelta, miró por la ventana. Otro bonito día. En contra de los consejos de amigos cercanos, había accedido a venir aquí, haciendo todo lo posible para apoyar a su esposo. Lewis era un buen hombre. Débil, ineficaz en muchos sentidos, sin embargo, quería hacerles una buena vida y creía que el hotel les daría eso. Pero tenían que hacerlo funcionar. Sarah ya había sido testigo de primera mano de cómo era esta zona. La promesa de la violencia que acecha para siempre en los rincones oscuros. Y la historia de lo que pasó en el sótano. Ella se estremeció, echó hacia atrás las sábanas y se puso de pie.

Bajando las escaleras, se encontró con Lewis cuando salió del comedor, con las mangas arremangadas y empapado de sudor.

"Te vendría bien una bebida", ella le dijo. Él respondió con una leve sonrisa y se movió detrás de la barra.

"No he instalado ningún barril", dijo. "No estoy seguro de quién será el proveedor".

"Tenemos algunas botellas". Abrió una y le sirvió una cerveza. Ella lo vio beberla. "Fui con Amelie a su cabaña. El Sheriff está en camino de recuperarse".

"Encantado de escucharlo".

"Que el señor Cole se marchó con un personaje de aspecto brutal para tratar de localizar a los asesinos".

Lewis se quitó la botella de los labios. "¿Asesinos?"

"¿No prestas atención a nada? ¿Dónde has estado, Lewis?"

"Aquí, trabajando".

"Bueno, he aprendido una historia picante que tiene que ver con este lugar".

"No me digas", respiró Lewis con un suspiro, dejando la botella terminada y secándose las manos con una toalla de barra, "déjame adivinar. Aquí se cometió un asesinato espantoso hace algunos años. El cuerpo fue encontrado en nuestro sótano, pero el culpable, o los culpables, nunca se ha encontrado. ¿Estoy caliente?"

"¡Eres un hombre horrible!" Riendo, agarró la toalla de bar y se la arrojó. "¿Cómo supiste todo eso?"

"El Reverendo Peters me lo dijo".

"¿El Reverendo?"

"Sí. Es un tipo extraño. ¿Notaste sus manos?"

Otra risa. "Me di cuenta de su cuerpo".

"Pensé que podrías haberlo notado", sonrió.

"¿Quién no lo haría? No se parece en nada a lo que uno esperaría de un hombre con esa vestimenta.

"Supongo que no. Uno esperaría que un Reverendo fuera rosado y tambaleante, no construido como una letrina de ladrillos". Lewis negó pensativamente con la cabeza. "Hay más en él de lo que quiere que sepamos.

Noté sus manos. Manos duras, nudosas. Diría que ha estado en una pelea o dos".

"Has notado mucho".

"No pude evitarlo. Entró mientras tú estabas fuera, me ayudó a mover algunas cosas. Me recordó a alguien que conocí en Kansas. Él tenía ese mismo tipo de algo. No lo sé, un aura. La gente decía que era un boxeador".

"¿Crees que eso es el reverendo? Suena un poco exagerado, Lewis. ¿Un hombre de la iglesia?" Ella sacudió su cabeza. "Quizás simplemente se mantiene en buena forma. No hay nada siniestro en eso".

"Tal vez no".

Ambos se estremecieron al primer grito.

Sarah ya se estaba moviendo desde detrás del mostrador, Lewis muy cerca.

Al salir, ambos vieron a una mujer tambaleándose por la calle principal, alcanzada por un hombre corriendo.

Un hombre corpulento, corriendo hacia la oficina del Sheriff.

"Oh, Dios mío", suspiró Sarah.

El hombre grande era el Reverendo Peters.

CAPÍTULO DIECISIETE

E l VIEJO Grimes se abrió paso entre la multitud que murmuraba cuando vio que los caballos se acercaban. Les hizo señas para que bajaran.

"¿Qué está pasando, Larry?" Preguntó Stone.

Grimes agarró las riendas del Sheriff mientras Stone desmontó.

"Ha habido un asesinato. Matthias tiene a los testigos adentro".

Cole, luciendo un par de botas de Joshua, saltó al suelo e inmediatamente se arrepintió. Se agarró a su costado. "¿Quién?"

"El señor Jenkins. Su esposa y el Reverendo lo descubrieron. Parece que una pandilla irrumpió en la casa y lo mataron dejándolo como una piedra. La señora Jenkins, está en un estado terrible. El doctor Wycliffe le dio un sedante, pero la señorita Gower está con ella en este momento.

"Gracias por eso, Larry", dijo Stone y lanzó una mirada hacia Cole. "¿Crees que es la misma pandilla?"

"Casi con certeza".

"¿Pero por qué irrumpir en la casa de los Jenkins?"

"De hecho, esa es la pregunta", dijo Cole.

"La señora Jenkins dijo que intentaron entrar antes", dijo Larry, "pero el señor Jenkins los ahuyentó".

"¿Ella los vio?" Preguntó Stone esperanzado.

"No estoy seguro. Ella y el Reverendo llegaron corriendo aquí en un estado de desesperación, despertando a toda la ciudad. El pobre Matthias no sabía qué hacer. Están todos adentro".

Cole suspiró. "Larry, necesito una pistola nueva".

Grimes frunció el ceño. "Oh. No creo que tenga nada como su Colt, señor Cole, pero tengo algunos revólveres".

"Siempre que dispare recto, no me importa lo que sea".

De hecho, el arma elegida disparaba directamente. Similar al revólver que llevaba Sterling Roose, era una Smith and Wesson Modelo 10 con un cañón de seis pulgadas. A Cole le gustó por dos razones: una, porque le recordaba a su viejo amigo y dos; quizás lo más importante, que era de doble acción.

La sacó y practicó un rato. Satisfecho, compró la pistola y la funda, con munición suficiente para lo que tenía en mente.

Al regresar a la oficina del alguacil, con la multitud todavía presionando hacia adelante tratando de ver lo que estaba sucediendo, comenzó a abrirse paso para entrar.

"Oh, señor Cole", dijo una voz.

Se volvió para ver a Sarah Cartwright y a su esposo parados allí, ambos con el rostro ceniciento.

"Querido Dios", dijo Lewis Cartwright en tono de asombro. "¿Qué diablos le pasó?"

Pasando sus dedos suavemente sobre su cara magullada, Cole se encogió de hombros. "Un ligero altercado. ¿Qué está pasando aquí?"

"Eso es lo que estamos tratando de averiguar", dijo Sarah. "Estoy muy preocupada por Amelie, que está ahí con el Reverendo y la señora Jenkins".

"Creemos que son más asesinatos", dijo Lewis. Los que estaban cerca soltaron un grito colectivo de sorpresa.

No queriendo especular, Cole simplemente asintió con la cabeza, luego continuó abriéndose paso hacia la puerta. La golpeó, gritando quién era. Oyó que se echaba hacia atrás el cerrojo y entró. El viejo alguacil, Matthias Thurst, le hizo señas para que entrara.

Inmediatamente después de ver a Cole, el reverendo Peters se puso de pie y extendió la mano. "Señor Cole, es un placer verlo tan bien".

Cole sonrió. "No estoy seguro de si eso es particularmente cierto, Reverendo", dijo, muy consciente de la reacción que provocó su mandíbula hinchada, "pero gracias de todos modos".

Matthias cerró la puerta y pasó el cerrojo.

Amelie Gower, sentada junto a la señora Jenkins, consolándola, volvió una cara esperanzada hacia el ex explorador. "¿Alguna cosa?"

Volvió la cara, sin saber qué decir. "Todavía no, señorita Amelie. Trate de no alarmarse demasiado. Los atraparemos y, se lo aseguro, rescataremos a su hermana".

"Señor Cole", dijo Stone, dando un paso adelante y entregándole al antiguo explorador uno de los Winchester que guardaba en un estante detrás de su escritorio, "el buen Reverendo ha logrado obtener de la señora Jenkins, una descripción de los perpetradores".

"El que gritaba era un hombre rubio y corpulento", dijo Amelie Gower, rodeando con el brazo a la señora mayor para consolarla. "Ella está en un estado terrible, señor Cole".

"Puedo verlo, señora". El tono de Cole era grave. Dejó escapar un largo suspiro mientras revisaba el Winchester. "Muy bien, veré qué pistas y señales puedo encontrar en la casa de los Jenkins. Necesitaremos hombres, Ryan. La última vez que intenté reunir un grupo, no tuve mucho éxito. Probablemente se debió a que Monroe intimidó a todos".

"Estoy dispuesto a ayudar", dijo el Reverendo.

Cole lo consideró durante mucho tiempo. Sin duda, parecía un hombre de considerables ventajas físicas. "¿Puede disparar?"

"Si es necesario".

"Creo que todos podemos decir que será necesario, Padre".

"Reverendo está bien, señor Cole".

"Como desee".

"Señor Cole", dijo Stone, "debo recordarle que esto ya no es el Salvaje Oeste. Ahora tenemos leyes, muy estrictas también. No podemos simplemente cabalgar hacia las tierras baldías y matarlos a tiros".

"No veo por qué no".

"Esto es lo que quiero decir", dijo Stone, cada vez más incómodo. "Tenemos que seguir el debido proceso. Necesitamos encontrarlos y arrestarlos".

"¿Y si se resisten? Ryan, estos hombres son asesinos. Están claramente detrás de algo y no se detendrán ante nada para conseguirlo. Lo que sea que fuese".

"¿Quizás todo tiene que ver con el asesinato?" Todos los ojos se volvieron hacia el Reverendo. En el hotel, quiero decir. Todos sabemos que sucedió, pero ninguno conoce los detalles".

"Yo sí los conozco", dijo la Sra. Jenkins en voz baja.

"Ahora, quédese tranquila, señora Jenkins", dijo Amelie con dulzura. "No hay necesidad de enojarse por nada de esto. No más de lo que ya está".

"No, hay que decirlo. Le dije a esa nueva dueña, la señora Cartwright. Le conté todo".

Stone se aclaró la garganta, bajando la voz, tan respetuoso como pudo cuando dijo: "¿Y cómo es que usted lo sabe todo, señora Jenkins?"

"Mi esposo". Un pequeño estremecimiento. Amelie le apretó la mano. La señora Jenkins sonrió. "Estoy bien. Mi marido era abogado, jubilado, claro. Estuvo a cargo de la venta original hace casi cuarenta años. Su cuñado compró el hotel. Nunca fui feliz con nada de eso. Era un hombre detestable, pero mi esposo me aseguró que todo era legal".

"Pero, ¿por qué estos hombres...?" La voz de Stone se volvió dolorida. "Lo siento, señora Jenkins, pero, ¿por qué estos hombres asesinarían a su esposo por algo que sucedió hace cuarenta años?"

"¿Quizás si le cuento la historia, juntos podríamos darle algún sentido?"

Entonces, cuando los demás se sentaron y Cole acercó una silla para hacer lo mismo, la señora Jenkins contó la historia de lo que sucedió en el Hotel Elegance hacía tanto tiempo.

CAPÍTULO DIECIOCHO

Mumford era su nombre. Se hizo cargo de la gestión del hotel hace unos cuarenta años. Fue él quien la bautizó como "El Elegance", aunque nadie supo el por qué, dado que era un lugar de aspecto sórdido, con pintura descascarada y entarimado deformado.

La noche que sucedió, estaba cerrando el bar. Después de despedir a la señora Taylor, la recepcionista, media hora antes, estaba solo. El negocio había estado flojo recientemente, y no veía ningún sentido en pagar un buen salario para que ella simplemente se sentara.

Resoplando, levantó la trampilla del sótano y bajó los pocos escalones húmedos y oscuros que conducían a la penumbra. Cogió una de las antorchas que siempre guardaba allí y la encendió. Yesca seca, estalló violentamente, permitiéndole una buena vista de los alrededores. El lugar apestaba. Rara vez venía aquí hoy en día. Desde que su esposa lo había dejado, no había nadie que lo acosara por mantener el lugar ordenado. Aun así, necesitaba un poco de madera para reparar una mesa de juego que crujía en el salón, así que se dispuso a juntar varias tablas pequeñas de la pila en la esquina más alejada.

Mumford no era un hombre sano. El aire húmedo, combinado con partículas de polvo, se había apoderado de su pecho y tenía algunas dificultades para respirar. Se alejó, jadeando dolorosamente ahora, y decidió tomar un poco de aire fresco antes *de reanudar su trabajo. Se sonó la nariz con fuerza y colocó el pie en el primer escalón, listo para volver a subir al área del bar.*

La patada lo golpeó de lleno en la cara, rasgándole las fosas nasales y el labio superior con la fuerza del golpe. Se echó hacia atrás, el dolor y la conmoción aún no lo golpeaban. Mientras se estrellaba contra una variedad de cajas y barriles, tuvo la vaga impresión de que un ejército de cuerpos cargaba hacia él a través de la penumbra. Gritó, sin estar realmente seguro de quiénes o qué eran sus atacantes, consciente solo del dolor punzante que se estremecía a través de su rostro ensangrentado.

Caminó a trompicones por el suelo polvoriento, con la mano izquierda levantada en un patético intento de evitar más golpes, mientras su mano derecha sostenía su cuerpo medio postrado y tembloroso. La sangre goteaba sin control de su nariz y boca destrozadas, y observó fascinado cómo salpicaba el suelo.

Una forma oscura se cernió sobre él, y Mumford finalmente encontró la habilidad de hablar. Tan pronto como su boca formó la primera sílaba, se llenó de algo que no reconoció al principio. Fue como un golpe de una losa de metal duro y frío, su lanzamiento fue muy poderoso. Su mente dio vueltas en desorden y era incapaz de concentrarse adecuadamente, se sintió como un borracho tonto e indefenso. Nada tenía sentido.

De repente, unas manos lo levantaron de nuevo, apoyándolo contra lo que quedaba de la pila de barriles. Se sentó, la cabeza contra el pecho, parpadeando a través de las lágrimas, mirando la sangre que se extendía por su camisa mientras goteaba de su rostro, esperando en total impotencia el próximo ataque.

Solo silencio era lo que escuchaba.

Mumford, que por fin tuvo la oportunidad de pensar con lógica, se preguntó quién, en el nombre de Dios, le estaba haciendo esto y por qué. Si se trataba de ladrones, ¿por qué tanta violencia? ¿Podrían haberle cerrado fácilmente la puerta del sótano y luego saquear el hotel a su gusto? Era absurdo y tan innecesario: no era un hombre valiente, les habría dado voluntariamente lo que quisieran sin ninguna lucha.

Imágenes distorsionadas pasaron por su conciencia. De algún lugar, encontró la fuerza y el coraje para levantar la cabeza. Una mano débil y temblorosa se movió por sus ojos, apartando la sangre y las lágrimas que empañaban su visión. Logró distinguir la forma de su atacante. Se sentó enfrente, mirando en silencio, llenando casualmente una pipa de hueso con tabaco. Mumford se maravilló de su audacia y gran fuerza. Era un atacante solitario. Levantar a alguien del peso de Mumford exigiría un esfuerzo enorme, y este hombre lo había hecho con aparente facilidad. La comprensión de que aquí había alguien que podía destruirlo total y completamente envió nuevas ondas de choque de horror a través del cuerpo ya golpeado y derrotado de Mumford. No podía hacer nada para defenderse de tal individuo, y el conocimiento de ello lo perturbó mucho.

Un fósforo se encendió brevemente en la penumbra y Mumford vislumbró el rostro del hombre. La conmoción al reconocerlo hizo que involuntariamente echara la cabeza hacia atrás, una respiración entrecortada silbando a través de sus dientes astillados.

"¡Morgan!"

El nombre fue como una bofetada para el hombre. Se acercó, con la pipa sujeta en la esquina de su rostro duro y hermoso, los labios retraídos en una mueca de desprecio. "Hola, Mumford", dijo, apoyando un pie junto al posadero. "¿Dónde está Nancy?"

Mumford retrocedió cuando una corriente de humo le arrojó a la cara. Dándose la vuelta, tosió con voz ronca. Su respiración hizo gárgaras en su pecho.

El rostro se acercó, las palabras salían como golpes. "¡Te hice una pregunta!"

Mumford no tenía idea de dónde estaba su esposa. "Ella se fue, hace unos días".

"¿Es eso un hecho?" Morgan dio un paso atrás, sus ojos escudriñaron rápidamente la espeluznante penumbra del sótano. Inclinándose, tomó una de las piezas de madera que Mumford había elegido para reparar la mesa de juego. Lo sopesó en la mano y luego avanzó hacia su víctima. "Verá, ella me dijo que

solo se iría por un corto tiempo, para darte una lección. Ella dijo que volvería contigo".

"No entiendo. ¿Para darme una lección? Pensé que tú y ella eran..."

"Tuvimos una pelea. La chica tonta me encontró en la cama con..." Él sonrió ampliamente. "Bueno, digamos que no estaba muy feliz por eso". Dejó escapar una larga corriente de humo de pipa. "Cosas divertidas mujeres, ¿no te parece?"

Mumford no dijo nada. Se estaba concentrando en su respiración, que se estaba volviendo un poco más fácil. Miró el rostro maníaco de Morgan, el rostro de un hombre capaz de cualquier cosa. "Debes saber que ella no volvería a mí", logró decir a través de sus labios ya hinchados.

Morgan parecía impresionado, pero por otras razones. "¿Quieres decir porque soy mucho mejor amante que tú? ¿Tanto mejor que no podría soportar pensar en compartir tu cama después de haber compartido la mía?"

Mumford asintió dócilmente con la cabeza. "Sí".

"Me alegro de que hayas aceptado la verdad, por fin".

"Siempre supe que ella te quería más a ti que a mí".

"¿En serio? Eso es muy amable de tu parte". Apretó aún más su rostro al de Mumford. "Dime, ¿por qué crees que es así?"

Mumford tragó saliva. Podía oler el aliento ahumado del hombre, sentir el sudor de su rostro, sentir la locura que burbujeaba bajo la superficie. Pero también podía sentir que el ego del hombre era quizás lo más peligroso con lo que lidiar. Si podía mantener esa dulzura, tal vez Mumford pudiera encontrar una salida a este espantoso lío. "Porque eres un hombre mejor que yo", dijo efusivamente, adivinando que era lo que Morgan quería escuchar.

La voz de Morgan se elevó en triunfo. "¡Sí! Sí lo soy." Dio un paso atrás, buscando a todo el mundo como un pavo real pavoneándose.

La situación seguía siendo peligrosa, Mumford era muy consciente de que solo la sumisión total podía prevenir más violencia.

"Dime más. Dime que soy más fuerte e inteligente que tú,

que Nancy no puede resistirse a mí, me anhela, me suplica que esté con ella. Cuéntame todo eso".

Mumford lo hizo, repitiendo cada palabra.

Morgan se rió victorioso. "Estás asombrado de mí, ¿no es así? Desearías ser como yo".

"Sí, si me gustaría".

Pero nunca lo serás. Nunca".

Desde el pie de las escaleras, tomando a ambos hombres por sorpresa, una voz se quebró a través del aire fétido. "¡Eres una vergüenza!"

Mumford la miró fijamente. Nancy Mumford estaba de pie al pie de los escalones del sótano con un vestido de verano de color azul claro delicadamente estampado.

"Hola, Nancy", dijo Morgan.

Mumford aprovechó su oportunidad mientras la atención de Morgan se desviaba. Era desesperado y probablemente inútil, pero era su única esperanza. Se lanzó hacia adelante, golpeando con todo su considerable peso el estómago del Morgan, y ambos se estrellaron contra el suelo.

La fuerza de Morgan resultó ser demasiado, y fácilmente se desenredó, levantó a Mumford y lo golpeó con la rodilla en la ingle. Mumford soltó un grito y se hundió en las fuertes manos de Morgan antes de que una fuerte izquierda girara en el aire y se estrellara contra su mandíbula, derribándolo. Gimiendo mientras se retorcía en el suelo, Mumford lloriqueó y le suplicó a Nancy que llamara al Sheriff.

Pero Nancy no se movió. Observó, hipnotizada, cómo Morgan levantaba a su marido, lo arrojaba contra la pared del fondo y usaba una de las tablas de madera para abrir el cráneo de Mumford como si fuera un huevo. Vio, pero no podía creerlo, el destello del acero cuando un cuchillo de hoja larga apareció en la mano de Morgan. Cortó a través del pesado vientre de Mumford sin esfuerzo, destripándolo como un cerdo, el contenido cayendo en un charco de sangre y vísceras.

Nancy se quedó mirando fijamente, con incredulidad y sin palabras.

Cuando terminó y el cadáver salpicado de sangre yacía ma-

sacrado entre los escombros de las cajas, Morgan se quedó de pie, con las muñecas flácidas, contemplando las consecuencias, tragando aire, pero con el rostro inexpresivo e impasible, sin notar nada.

Despertándose como de un sueño, Nancy se acercó a su hombro y tiró tentativamente de su chaqueta, cuidando de que no salpicara sangre sobre ella. Sintió un escalofrío curioso zumbando a través de ella. Aunque la escena había sido horrible, se había maravillado de la habilidad y la fuerza de Morgan, y ahora se sentía eufórica de que este hombre fuera suyo.

Morgan se volvió hacia ella. "Esto es una locura", dijo en voz baja, casi en un susurro. Nancy lo miró profundamente a los ojos y no pudo encontrar remordimiento, miedo o cualquier otra cosa en él. "Será mejor que obtengamos las escrituras y nos vayamos", dijo.

"¿Ir a donde?" Dijo Morgan, recuperando algo de su confianza. "No podemos ir a ningún lugar que esté lo suficientemente lejos. Estoy acabado".

"No, no lo estás", espetó ella, endureciendo su determinación. "Podemos salir de esto. Nadie sabe que estás aquí, y yo soy la única testigo y...", una sonrisa cruzó su hermosa boca, "No vi nada".

Fue a abrazarla, pero ella lo detuvo con una mano hacia arriba. "Lo siento", Morgan desistió, dándose cuenta de que la sangre estaba por todo el frente de su camisa.

"Te conseguiré un cambio de ropa, obtendremos las escrituras, presentaremos el reclamo y luego resolveremos cómo podemos reconstruir nuestras vidas".

"Pero, ¿qué pasará con esto?", Señaló, sin mirar, al cadáver de Mumford. "Seguro que alguien vendrá y lo descubrirá, y luego lanzarán una cacería humana".

"¿Y a quién buscarán? ¿A ti? ¿A mí? ¿Por qué?" Ella sacudió su cabeza. "Lo reportaré, incluiré algunas verdades a medias y le diré al Sheriff que me fui pero volví por culpa; que lo encontré así, víctima de un terrible robo que salió mal. Estaremos bien, te lo prometo".

Negaba con la cabeza. "Pero el reclamo. Tan pronto como lo cobres, sumarán dos y dos".

"No, pondré el hotel a la venta, no te preocupes. Hemos esperado tanto tiempo, podemos esperar un poco más. Cuando todo esté en calma, nos reuniremos y nos marcharemos". Ella le acarició la cara. "Eres todo lo que él no era. Hemos hecho la parte difícil, ahora solo tenemos que mantener la calma". Ella se inclinó hacia delante, cuidando la sangre, y lo besó suavemente en los labios. "Me gusta tu arrogancia. Me gusta mucho, pero sobre todo me gusta tu confianza. Me gustas, ¿o no lo sabías?"

"¿Solo te gusto? ¿Eso es todo?"

Ella sonrió, todos los pensamientos de la visión de pesadilla que acababa de presenciar desaparecieron de su mente. Eran una pareja bien acoplada. "Algo más vendrá después. Vamos, consigamos algo de ropa..."

CAPÍTULO DIECINUEVE

"Le conté la misma historia a Lewis Cartwright", dijo el Reverendo Peters mientras los demás se sentaban en silencio, asimilando lo que la señora Jenkins les había contado.

"¿Y cómo reaccionó?" preguntó Stone.

"Para ser honesta, no reaccionó en absoluto".

"¿Como si ya lo supiera?"

"Quizás, pero no veo cómo podría haberlo sabido".

"La historia es bien conocida", dijo la señora Jenkins. "Finalmente, los localizaron a ambos. Silas Morgan murió en un tiroteo y Nancy Mumford fue arrestada. Ella hizo una declaración completa antes de su juicio. Se incluyeron todos los detalles espantosos. Aunque no fue directamente responsable del asesinato de su esposo, mucha gente la odió por su relación con Morgan y la ahorcaron".

Stone extendió las manos, exasperado. "¿Y el asunto de las escrituras? ¿Qué pasó con las escrituras?"

Nadie ofreció ninguna explicación, solo la señora Jenkins agregó: "Mi esposo tuvo algo que ver con eso. Creo que podrían haber sido depositadas en alguna oficina de valores para los nietos de Nancy Mumford, pero no puedo estar seguro y, por supuesto, ahora no podemos preguntarle". Sacudiendo la cabeza, presionó su pañuelo en sus ojos y lloró, Amelie la abrazó con fuerza alrededor de los hombros.

Stone se puso de pie. "Señor Cole, si pudiera tener la amabilidad de preparar los caballos, mientras tanto caminaré calle abajo para hablar con el señor Cartwright".

Cole arqueó una ceja y preguntó: "¿Hay algo que te preocupa?"

"No estoy seguro. Hay muchas cosas malas en todo esto. Con lo que sabemos, es casi como si el hotel fuera la clave".

"¿El hotel?" Peters dijo, sacudiendo la cabeza. "¿Cómo puede un edificio ser la causa de un asesinato?"

"Bueno, ya es un lugar donde ocurrió un asesinato", dijo Stone. "Lo que sucedió allí hace cuarenta años tiene algo que ver con lo que está sucediendo aquí ahora mismo. Estoy seguro de ello".

Stone se quitó el sombrero, se disculpó con las damas y se fue. Cole estudió a las dos mujeres, notando sus rostros tensos. Él se paró. "Reverendo, me dirijo a mi casa. Necesito explicarle a Maddie lo que está pasando. Probablemente esté muy preocupada".

"Está bien", dijo Peters. Cogió uno de los Winchester del escritorio del Sheriff Stone y lo sopesó en sus manos. "Ha pasado un tiempo desde que manejé uno de estos". Miró hacia arriba para ver la mirada inquisitiva de Cole. "No siempre fui un predicador, señor Cole".

"¿Sirvió en el ejército?"

Peters inclinó la cabeza, pensativo y silencioso. Cole sintió que había un pequeño toque de vergüenza cuando volvió a hablar: "Sí. Serví en la Guerra Hispanoamericana. Luché en Cuba y me iban a enviar a Filipinas cuando me dispararon en la pantorrilla". Se palmeó la pierna derecha. "Me invalidaron". Sacudió la cabeza. "Esa fue una guerra cruel, señor Cole, no me importa contárselo. Se hicieron muchas cosas que no deberían haberse hecho. Pasé mucho examen de conciencia después, mientras yacía en una cama de hospital y decidí que quería hacer algo bueno, si usted me entiende. Entonces, me uní al clero. Ministro metodista es lo que soy, aunque a muchos por aquí no parece importarles lo que soy, siempre y cuando no sean ellos los que estén en el púlpito".

"No lo sabría. Yo no soy de los que van a la iglesia".

"Bueno, después de lo que vi en esa guerra, no estoy tan seguro de que mucha gente opine distinto". Accionó la palanca de Winchester. "Saldré y dispararé algunas rondas".

Después de que se fue, la atmósfera se iluminó apreciablemente. La señora Jenkins fue la primera en hablar. "Sabía que había algo en él. Él es... Bueno, es muy físico. Lo vi cambiar cuando nosotros... Bajó la cabeza y resopló ruidosamente. "Cuando volvimos a la casa y vimos..."

"Está bien", dijo Amelie. "No necesita decir nada más".

"No, no, estoy bien. Pero el Reverendo, se enfadó bastante. Murmurando todo tipo de cosas horribles y apretando los puños como si quisiera golpear a alguien".

Cole no dijo nada, esbozó una media sonrisa y salió. Sumido en sus pensamientos, montó en su caballo y lo sacó suavemente de la ciudad, dirigiéndose a su casa y a Maddie.

CAPÍTULO VEINTE

SU PUNTERÍA resultó ser buena. Después de vaciar siete rondas en un objetivo improvisado elaborado a partir de un viejo y podrido trozo de tronco de árbol, Peters se secó la frente con la manga y suspiró. Su ira hervía. Haber matado al señor Jenkins de la forma en que lo hicieron, y luego haber dejado el cuerpo para que su esposa lo encontrara. Obviamente, pretendía ser una advertencia. ¿Pero por qué? Había pasado algún tiempo desde que Peters había experimentado un desprecio tan desenfrenado por la vida humana. Este último asesinato lo trajo todo de vuelta.

Deambuló por las calles secundarias y entró en el salón por la entrada trasera. Había un puñado de clientes, pero la mayoría de la gente parecía estar en la calle, preguntándose qué estaba pasando en la oficina del Sheriff. Eso le pareció bien a Peters, y fue al bar y pidió un whisky. El camarero le dio una mirada, que Peters le devolvió, mirándolo de arriba a abajo.

Después del tercer trago, Peters comenzó a regresar a la Tierra. Le tomó algún tiempo aceptar la enormidad de lo que era capaz de hacer. El asesinato del señor Jenkins conjuró los demonios que había mantenido enterrados durante tanto tiempo. Cambiando de rumbo, viviendo una nueva vida como predicador, había logrado borrar el recuerdo de lo que era experimentar dolor. El sufrimiento era una palabra trillada; realmente no decía lo suficiente. Sí, estaba sufriendo; sí, había sufrido; esto era algo más. Podía saborearlo en su boca. El sabor agridulce de querer castigar. Sabía que estaba mal. Estaba débil, un fracaso. Fracaso en sí mismo, sus votos, su Señor. Su vergüenza era tangible, y se filtraba desde los mismos poros de su alma al mezclarse con la pesada atmósfera de ese salón solitario ese cálido día de verano.

Los hombros pesados se inclinaron hacia adelante, el movimiento lento y deliberado de la mano a la boca mientras apuraba el alcohol del vaso. Si alguien miraba, nadie tenía idea de que lo que estaban presenciando era el tormento de un hombre de Dios que había traicionado una promesa que se había hecho a sí mismo hace mucho tiempo. El recuerdo de aquellos tiempos pasados lo consumía, e incluso la bebida no podía opacar las vívidas imágenes que pasaban por su mente.

En el abrasador calor del mediodía, la patrulla pasó por la calle en ruinas, edificios de adobe rotos presionando a ambos lados, rostros oscuros asomándose desde adentro. Un poco más adelante, un carro volcado con dos hombres intercambiando palabras furiosamente. De repente alerta, los soldados sacaron sus rifles, desplegándose en una delgada línea.

Peters, joven y muy musculoso, se había ganado sus galones corporales bajo el calor del sol cubano. Reconoció que algo andaba mal. Había envejecido en ese lugar, había visitado las entrañas del infierno más de una vez y se había convertido en un asesino profesional, vicioso, silencioso e ingenioso. Estas calles habían adormecido un poco sus poderes, pero no lo suficiente como para que se perdiera la tensión que ahora flotaba en la atmósfera y era más pesada que el aire caliente.

"¡Shepherd!"

Un gran cabo de lanza se volvió y dirigió a Peters una mirada inquisitiva. "¿Qué pasa, cabo?"

"No lo sé", dijo Peters, accionando la palanca de su Winchester. "Coge a otros dos y ve y échales un vistazo. Y ten cuidado, ¿de acuerdo?"

Shepherd se encogió de hombros, llamó a dos soldados y continuó caminando hacia los dos hombres que discutían.

Hill y Stowell deambularon a su lado. Hacía demasiado calor para todo esto.

Un grito en español los sobresaltó a todos, obligándolos a alcanzar sus armas. Era solo un niño, saliendo de entre las casas. Todos dieron un suspiro colectivo de alivio. Vestido de blanco, su mata de cabello negro azulado contrastaba con el brillo de su atuendo. Tenía un rostro alegre y abierto, sus enormes ojos marrones como platillos, disipando toda desconfianza.

Desde donde estaba, Peters miraba paralizado. Vio la sonrisa de Shepherd. El niño tenía una naranja en la mano. Era una naranja muy grande. Tres niños más, todos de aproximadamente la misma edad que estaban un poco más atrás, estaban parloteando entre ellos. Es notable cómo se veían todos tan similares, pequeños, nervudos, color nuez moscada quemados por el sol.

Haciendo un gesto para que los otros dos avanzaran, Shepherd inclinó la cabeza hacia el niño. Peters se volvió para mirar las calles. La tranquilidad era intensa.

El chico se acercó con la naranja, sosteniéndola. "Corten, por favor", estaba diciendo en inglés. Shepherd sonrió de nuevo, se colgó el rifle al hombro y alcanzó el cuchillo que llevaba en el cinturón.

El chico estaba cerca ahora. Como máximo, trece años, calculó Peters, intrigado por la pequeña escena que se desarrollaba a unos veinte pasos de él. El niño parecía pequeño para su edad, desnutrido, reflexionó Peters, como muchos lo estaban.

El niño continuó extendiendo la fruta para que Shepherd la tomara y comenzara a pelarla. Era tan diminuto comparado con Shepherd cargándolo sobre él. El cabo se inclinó hacia adelante y extendió su mano libre.

Desde donde estaba Peters, todo el incidente se desarrolló en cámara lenta. Sus ojos se pusieron vidriosos y se sintió girando *fuera de control mientras cada evento minúsculo se combinaba para presentar ante él una escena de su peor pesadilla. El tiempo se detuvo; su cuerpo se congeló. Su entrenamiento, durante unos breves y cruciales momentos, lo abandonó, y no pudo hacer más nada que mirar.*

El chico era rápido, más rápido de lo que ninguno de ellos había visto jamás. El cuchillo era como una raya azul, brillando intensamente a la luz del día, empujando hacia arriba, rasgando el estómago de Shepherd, cortando hacia arriba a través de su abdomen hasta su esternón. Shepherd no gritó, no pudo gritar, la sorpresa fue demasiado grande. Cuando abrió la boca, se dobló hacia adelante y se aferró a la horrible herida abierta. El cuchillo brilló de nuevo, hacia atrás y hacia adelante, la hoja afilada cortó a través de la garganta del cabo. La sangre se derramó y Shepherd cayó.

Hill y Stowell se movieron, los rifles giraron, pero giraron en sentido contrario, hacia el chico. Los dos árabes que discutían ya no discutían. Desde debajo de sus voluminosas túnicas, las antiguas pistolas escupieron una cruel ráfaga de fuego concentrado, y los dos soldados murieron en una lluvia de disparos de plomo mal dirigidos pero altamente efectivos.

Los disparos resultaron demasiado inexactos. Cuando murieron los soldados, también murió el asesino de Shepherd, el cuerpecito del niño atormentado por los dos viejos Remington. También hubo otro efecto: Peters.

Desencadenado por la violencia, su entrenamiento entró en acción. Ya estaba rodando por el polvo suave que parecía estar por todas partes. Arrodillado detrás de la pequeña cubierta que había, el Winchester Modelo 1892 demostró ser muy eficaz en las manos del gran cabo. Los dos cubanos murieron antes de que supieran realmente lo que estaba pasando. Pero Peters no había terminado.

Fuera de control, pensando nublado por el horror que había presenciado, salió de detrás de su cubierta, accionando la palanca de Winchester. Los muchachos restantes reaccionaron con demasiada lentitud, e incluso antes de que giraran, Peters vació su rifle sobre ellos, sin importarle si eran parte de la emboscada o espectadores inocentes.

Se hizo el silencio. Peters se quedó inmóvil como una roca y vio morir a sus víctimas.

Cuando la niebla ante sus ojos se separó, la realidad regresó lentamente y la enormidad de lo que había hecho se hundió en casa. El Winchester se cayó de los dedos temblorosos, todos los pensamientos sobre su seguridad desaparecieron. El calor, la sangre, el olor a muerte, era demasiado. Colapsando en la tierra, con la cabeza presionada contra la arena, la quietud lo envolvió. Abrumado por el desperdicio sin sentido de la vida, y su vergonzoso papel en ello, nada podría borrar la imagen de los rostros de esos chicos. Nada.

En el bar, Peters apartó los recuerdos y consideró su copa. El pasado lo había alcanzado por fin, la violencia que había rechazado, la violencia que se había esforzado tanto por ocultar, controlar, conquistar, se había levantado y se había apoderado de él una vez más. No había cambiado en absoluto. Todavía tenía la capacidad de destruir. En Cuba había sido con armas, armas que seguía sabiendo utilizar. Se había escondido detrás de sus votos, luchando por la respetabilidad en lo que representaba. Todo parecía en balde.

Peters soltó un fuerte suspiro, agarró el Winchester apoyado a su lado y salió. Varios habitantes de la ciudad pasaron por allí, mirándolo con curiosidad. Se preguntó si su actitud delataba su problema con la bebida, pero lo dudaba. Todavía podía aguantar su licor. No, probablemente sentían más curiosidad por su salida del Saloon. Un hombre de moda, y metodista además, no le sentaba bien a ningún tipo de establecimiento de bebidas. Pero a Peters ya no le importaba. El asesinato del señor Jenkins lo había devuelto todo. La ira por la inhumanidad del hombre hacia el hombre. Y la vergüenza por lo que había hecho. Después de esto, decidió, dejaría el clero, dejaría esta ciudad, buscaría algún otro medio de empleo. Uno que no requería que él hablara con la gente. Necesitaba escapar, empezar de nuevo.

Contempló la calle. El Sheriff Stone había mencionado algo sobre hablar con Lewis Cartwright, por lo que decidió ir y descubrir por sí mismo si se había descubierto algún desarrollo.

CAPÍTULO VEINTIUNO

AYUDÁNDOLO a quitarse la camisa, Maddie frunció la boca y gimió cuando vio los grandes moretones en las costillas de Cole.

"No te escandalices por eso", dijo con los dientes apretados. Se movió torpemente; las patadas que había recibido habían hecho daño. Él no sabía cuánto.

"Necesitas ver al Doc Evans".

"Doc Evans está muerto".

Se llevó las manos a su boca. "Oh, Dios mío, ¿desde cuándo?"

"Desde hace unos nueve meses". Sacudió la cabeza pero no pudo resistirse a sonreír. "¿Has estado viviendo en una cueva o qué?"

Ella fue a golpearlo alegremente, como solía hacer en respuesta a su sarcasmo, pero se detuvo justo a tiempo. "¿Quién es su reemplazo? Quiero decir, ¿hay uno?

"Sí. El Doc Wycliffe. Parece un buen hombre". Trató de estirar la espalda, pero solo logró abrocharse el cinturón con dolor.

"Te prepararé un baño caliente", dijo Maddie rápidamente. "Necesitas tomártelo con calma por un tiempo".

"No puedo", dijo, sentándose y quitándose las botas.

"Ha habido un asesinato en la ciudad. Tengo que intentar localizar a los que lo hicieron".

"*¿Qué?* ¿Estás loco? ¿Después de lo que pasó con ese hombre horrible, Soloman y el pobre Sterling? Reuben, ¡no puedes seguir haciendo esto! Me dijiste que estabas jubilado, que la muerte de Sterling te había hecho ver que el tiempo te había atrapado, que no podías mantener..."

"Maddie, por favor", dijo, levantando ambas manos en señal de rendición. "Sé lo que dije, pero se complicó. Ryan recibió un disparo y, mientras se recuperaba, yo..."

"¡No me preocupo por Ryan, me preocupo por *ti*!"

"Diablos, Maddie, me salvó la vida".

"Entonces, ¿qué es esto, una deuda para ser honrada? Vas a conseguir que te maten".

"No, nada me va a suceder".

"Claro que sí. ¡Mírate! Estás completamente destrozado".

Cole respiró hondo. Sabía que ella tenía razón, no tenía sentido intentar negar nada de eso. Su cuerpo le decía cada día que pasaba que incluso las tareas más sencillas le causaban un enorme esfuerzo. "Me tomó por sorpresa, eso es todo".

Ella lo miró boquiabierta, incrédula. "¿Te tomó por sorpresa?" Se pasó una mano por el pelo y Cole pudo notar que estaba temblando. Bajó el tono de su voz, resignada a su terquedad. "Bueno, si eso no es una señal de que eres demasiado mayor para esto, Reuben, no sé cuál es".

"Esta es la última vez, lo juro".

"Has dicho eso antes".

"Lo sé, pero Maddie, maldita sea, no tengo otra opción".

"Tienes todas las opciones, viejo tonto testarudo".

Ella se alejó dando tumbos, dejándolo sentado en el sillón, mirando a la nada. "¿Viejo?" murmuró para sí mismo. "Tengo sesenta y dos años, así que sí, soy viejo..." Se sentó, escuchándola preparar el baño y se dio cuenta de lo afortunado que era. Ella tenía razón, él lo sabía. Hace veinte años, quizás incluso diez, Monroe nunca habría sido capaz de darle un puñetazo como lo hizo. Quizás realmente era hora de dejarlo todo, dejar que otros asumieran la carga.

Pero, ¿dónde quedaba entonces su sentido del deber? Hoy en día no había muchos rastreadores. Casi todos los indios que podían ayudar, aparte de los pocos Navajos y Yaquis que luchaban contra las fuerzas gubernamentales en Arizona, estaban en reservas. Cole era prácticamente el último de una raza moribunda.

Regresó secándose las manos con una toalla. Se sentó, esperando otro ataque. En cambio, vio el ablandamiento alrededor de sus ojos mientras hablaba. "No te voy a decir que no vayas, no tendría sentido. Pero te pregunto, Cole: cuídate y no hagas nada estúpido o temerario. ¿Me escuchas?"

"Te escucho".

Realmente eres un viejo tonto, Reuben Cole. No habrá más de estas escapadas una vez hecho esto".

Él asintió con la cabeza y le tendió las manos para que lo ayudara a ponerse de pie.

La abrazó y la besó. "¿Qué haría yo sin ti?"

"¿Qué harías? Estarías en tu maldita tumba, Reuben Cole, ¡eso es lo que estarías haciendo!"

Él sonrió, sabiendo que no podía estar en desacuerdo.

CAPÍTULO VEINTIDÓS

ACERCÁNDOSE a las puertas dobles abiertas, Ryan Stone llamó tentativamente antes de gritar: "¿Hay alguien en casa?" Al no recibir respuesta, entró de todos modos, se quitó el sombrero y se detuvo a escuchar.

Desde algún lugar podía distinguir los gruñidos y gemidos de alguien moviendo cosas. Cosas pesadas por todas las cuentas. Era la voz de un hombre, así que volvió a llamar: "¿Señor Cartwright? Soy el Sheriff Stone, he venido a preguntarle algunas cosas sobre el hotel".

Él esperó.

Si era Lewis Cartwright moviendo cosas, claramente no había escuchado al Sheriff.

Por lo que Stone podía decir, la voz parecía provenir de debajo del piso. Se asomó por encima del mostrador de recepción y frunció el ceño.

Repartidos en la parte superior del escritorio había una serie de documentos de aspecto formal, grabados con sellos para probar su legalidad. Incapaz de reprimir el impulso, Stone tomó uno y comenzó a leer.

Lo primero que le llamó la atención fue el nombre de la oficina del abogado que había redactado el documento. Intrigado, examinó ese y otros documentos, algunos de los cuales eran declaraciones hechas a los tribunales. Allí estaba el de Nancy Mumford, que le pareció particularmente interesante, así como el documento legal que transfirió ciertas posesiones a sus nietos.

Ciertas valores de inversión. Reflexionó sobre lo que podría significar esa frase, pero ciertamente había suficiente información aquí como para cuestionar a Lewis Cartwright.

Respiró hondo y se trasladó al pequeño bar del salón. Detrás del mostrador, vio la escotilla abierta. Desde aquí, los sonidos eran más fuertes.

"¿Señor Cartwright?"

Una vez más, no hubo respuesta, por lo que bajó las empinadas escaleras. No eran muchas, pero aun así, después de unos pocos pasos, la penumbra del sótano se volvió opresiva.

Una pequeña antorcha parpadeante en el rincón más alejado goteaba una mala excusa para la luz. Agachado, sobre manos y rodillas, Lewis Cartwright estaba usando una pala corta para cavar en la tierra. Murmuraba para sí mismo mientras trabajaba. Junto a él había un montón de tierra en crecimiento.

Stone se quedó mirando, preguntándose qué estaba buscando Cartwright. Se le ocurrió la historia que la señora Jenkins le contó, esa inquietante sospecha de que todo esto tenía que ver con la mención de unas escrituras. ¿Escrituras para qué? ¿Valían tanto como para matar esos años atrás, y todavía ahora?

"¿Señor Cartwright?"

Chillando, Lewis se da vuelta, sus ojos brillan en blanco en la penumbra. Su rostro brillaba de sudor, su respiración se hacía entrecortada y cortante. "¿Sheriff? ¿Qué es lo que quiere?"

"Puedo ver que está ocupado, señor Cartwright. Puedo volver".

"¿Eh?" Miró a su alrededor, rápidamente se quitó el

polvo de los pantalones y se puso de pie. "No, no, solo estoy arreglando algunas tuberías".

"¿Tuberías?"

Cartwright sonrió, pero fue una sonrisa forzada. Estaba mintiendo. Stone pudo ver claramente el pánico del hombre.

"Sí. Tuberías de agua. Estoy tratando de arreglar el suministro para que llegue a las habitaciones de arriba". Riendo, se adelantó, tomó a Stone por el codo y lo condujo hacia las escaleras. "Bien, Sheriff, ¿de qué se trata todo esto?"

"Algunas preguntas, señor Cartwright. Sobre el asesinato".

Cartwright se tambaleó hacia atrás, las palabras de Stone como bofetadas en su rostro. "¿El asesinato? No sé nada de eso. Lo primero que supe fue después de que fuimos a su oficina y..."

"No, no, señor Cartwright, me refiero al asesinato que ocurrió aquí. El asesinato del señor Mumford".

La boca de Cartwright se abrió como si estuviera en estado de shock. Se pasó el brazo por la frente, miró a su alrededor, cogió la antorcha y señaló las escaleras. "Discutamos esto arriba, señor Stone".

Ambos subieron pisoteando las escaleras, el brillo del bar del salón hizo que Stone entrecerrara los ojos cuando salió de abajo.

Detrás de él, escuchó a Cartwright tintinear vasos juntos. "¿Le apetece una bebida, Sheriff?"

Stone se volvió y vio que Cartwright ya estaba sirviendo dos tragos de whisky. "Por supuesto", dijo, tomando el vaso ofrecido. Aspiró el aroma ahumado y asintió con apreciación.

"Sólo lo mejor", dijo Cartwright, bebiendo su whisky de un trago. Chasqueándose los labios, levantó su copa y la estudió. "No soy tan buen bebedor, pero participo de vez en cuando". Dicho esto, se sirvió un segundo trago. "Entonces, Sheriff, ¿lo qué le trae aquí es el asesinato? El caso Mumford, ¿es ése? Tengo que decirle, Sheriff, no sé mucho de ese caso".

"Pensé que el reverendo Peters se lo había contado" Stone tomó un pequeño sorbo de su bebida, sus ojos nunca dejaron a Cartwright.

El otro hombre se detuvo, listo en el acto de terminar su segundo vaso. "Ah, entonces ese era el indicado".

"¿Ha habido otros?"

"¿Otros? ¿Qué quiere decir con eso?"

"Me refiero al asesinato de Henry Jenkins".

Cartwright mantuvo sus ojos lejos de los de Stone, prefiriendo enfocarlos en su bebida. "No sabría decirlo".

"¿En realidad?" Stone colocó con cuidado el vaso en la encimera. "No pude evitar notar los papeles que ha dejado por ahí, señor Cartwright. ¿Los que tienen el sello de Henry Jenkins? Detallan un acuerdo hecho por Nancy Mumford, dejando ciertos fideicomisos a sus nietos".

"Ah". Cartwright sonrió y apuró su bebida. Chasqueándose los labios, habló en tono solemne. "Me temo que nada de eso tiene nada que ver conmigo, Sheriff".

"¿Oh? Entonces, ¿con quién tiene que ver?"

"Conmigo, Sheriff".

Stone se sobresaltó un poco y se volvió hacia el sonido de la voz. Sarah Cartwright estaba en el umbral de la puerta, con expresión inexpresiva. Ella avanzó lentamente.

"Señora Cartwright", dijo Stone, moviendo inconscientemente su mano hacia su sombrero para tocar el ala. "No entiendo bien lo que quiere decir".

"Es simple", dijo Cartwright, deslizándose junto a Stone para unirse a su esposa. Sonreía, una expresión que se hizo más poderosa por el revólver que ahora tenía en la mano. "Le pediré que arroje su arma muy lentamente, Sheriff. Hágalo con cuidado, por su propio bien".

Stone miró fijamente el cañón del arma y supo que no tenía otra opción. Con el dedo y el pulgar, sacó la pistola de su funda y la dejó caer al suelo.

Sarah se agachó y recogió el arma.

"Esto es muy inconveniente", dijo Cartwright. "Es una lástima que llegara cuando lo hizo. Otros quince minutos más o menos, nos habríamos ido".

"No entiendo", dijo Stone, mirando de uno a otro.

"Es bastante simple", dijo Sarah. "Soy la nieta de Nancy Mumford. Las escrituras de la mina de oro nos pertenecen a mí y a mi hermano. Estamos aquí para cobrar".

"¿Mina de oro?" Stone sacudió la cabeza. "¡No se ha extraído oro aquí durante casi cincuenta años!"

"Ahí es donde se equivoca", dijo Cartwright. Mumford lo encontró, ¿sabe? Trabajó durante casi cinco años. Desenterró una masa de oro que enterró para mantenerla a salvo. La mía que le cedió a su esposa. Él estaba enfermo. Moribundo. Quería que ella la tuviera para transmitirla a los hijos de sus hijos".

"Y luego se involucró con Silas Morgan, y la situación cambió un poco. Pero no tanto como para revocar el reclamo. Nuestro abogado, el señor Jenkins, se ocupó de eso".

"Pero Jenkins está muerto". Stone giró su cabeza hacia Cartwright, los labios dibujados sobre sus dientes, gruñendo, "Usted lo asesinó, ¿no es así?"

La risa de Cartwright sonó fuerte y brutal en todo el hotel. ¿Asesinar a Jenkins? ¿Está loco?"

"No asesinamos a nadie", dijo Sarah rápidamente.

"Entonces, ¿quién lo hizo?"

"Usted lo sabe muy bien, los hombres que entraron a la fuerza en su casa, para amenazarlo, exigirle que entregara el reclamo de la mina. Los mismos hombres que atacaron a Claudette Gower y la secuestraron para obligarla a ella o a Jenkins a renunciar a esas escrituras".

El ceño de Stone se hizo más profundo. "¿Claudette Gower? ¿Qué tiene ella que ver con todo esto?"

"Realmente no sabe nada, ¿verdad, Sheriff?" Sarah sacudió la cabeza disgustada.

"Entonces tal vez debería decírmelo, antes de que los arreste a los dos y los vea ser juzgados".

"Parece que olvida que somos nosotros los que tenemos la gota sobre usted, Sheriff", dijo Cartwright, burlándose. Para agregar énfasis, movió el arma en su mano.

"No se atrevería a disparar contra un oficial de la ley", dijo Stone desafiante. "¡Ahora, díganme de qué se trata todo esto antes de que los arreste!"

Ahora fue el turno de Sarah de estallar en una sonora carcajada. "Arrestarnos, ¿por qué?"

"¡Sosteniéndome para empezar! Obstaculizar mi investigación, retener pruebas. La lista es larga, Sra. Cartwright. Tienes mucho que explicar". Hinchó el pecho. "¿Quién fue el responsable del asesinato del señor Jenkins?"

"Sebastian Monroe", dijo Sarah sin una pausa. Luego, una leve sonrisa. "Mi hermano".

CAPÍTULO VEINTITRÉS

Apoyado con la espalda contra la pared exterior, Peters cerró los ojos, haciendo todo lo posible por calmarse. Había escuchado todo, las revelaciones lo golpearon duro. Pensar que estos dos recién llegados eran capaces de tal...

Lentamente, dejó escapar un largo suspiro y permitió que sus ojos se posaran en el Winchester. Tomaría casi un momento irrumpir en ellos, disparar a uno de ellos, probablemente Cartwright, y salvar al Sheriff y envolver todo en un paquete ordenado.

Un momento.

Le había llevado solo unos momentos derribar a esos chicos. Chicos inocentes por lo que sabía. Sus muertes lo cambiaron, sus rostros lo atormentaron durante largas noches de insomnio, lo que lo obligó a buscar una nueva dirección para su vida. Dando la espalda al Ejército, se unió a un seminario universitario. Un momento difícil. Tantas preguntas sobre sí mismo, su motivación, su fe. Fe. ¿Qué era eso, al final? ¿Una aceptación de que algo más allá de saber nos velaba, nos guiaba, nos daba las respuestas si estábamos dispuestos a mirar? No lo sabía. Pensó que sí, pero no ahora. Ver a Jenkins tirado allí, la rabia que le causó, le hizo darse cuenta de que nunca había cambiado realmente. Seguía siendo el mismo hombre, ese asesino. El siempre lo sería.

Peters comprobó el Winchester por última vez, respiró hondo, se apartó de la pared y se abrió paso a patadas a través de la entrada principal del hotel.

———

Cole entró a la ciudad a medio galope, pasando fácilmente por el salón hacia la oficina del Sheriff. Allí desmontó y ató las riendas sin apretar al riel de enganche. Dentro encontró a Matthias Thurst preparando café, y Amelie Gower estaba sentada detrás del escritorio de Stone, escribiendo furiosamente.

La señora Jenkins parecía estar durmiendo la siesta en un rincón. Quizás era lo mejor, pensó Cole.

Amelie miró hacia arriba, su rostro se arrugó en un ceño fruncido. "Vaya, señor Cole", dijo. Su voz no tenía ningún indicio de bienvenida o alivio, más bien uno de disgusto ligeramente disfrazado.

"Ah, Reuben", dijo Thurst, sirviendo café humeante en tazas de hojalata, ¿te apetece un poco?"

"No, gracias, Matthias. ¿No ha regresado Ryan todavía?"

"No", dijo Matthias, entregándole una taza a Amelie, cuya boca se volvió hacia abajo en las comisuras. Ella asintió brevemente, apenas perceptible y tomó un sorbo.

"¿Y dónde está el Reverendo?"

"Fue a ver dónde estaba el señor Stone", respondió Amelie, aprovechando la oportunidad para empujar el café lejos de ella. Lo estudió con disgusto como si fuera un aborrecimiento.

"El hotel", intervino Thurst, bebiendo su propio café con deleite.

"Bueno, tenemos que ponernos en marcha mientras haya luz". Cole se volvió hacia Amelie, que había vuelto a escribir. "¿Qué es lo que está haciendo, si no le importa que le pregunte, señora?"

Haciendo una pausa, con la cabeza gacha, parecía estar estabilizándose, buscando las palabras adecuadas para decir. "Es un testimonio, señor Cole, si es que debe saberlo".

"¿Un testimonio? ¿Qué clase de testimonio?"

"Uno para el Sheriff". Levantó la cabeza, sus ojos azul claro penetrantes, brillando con esa mirada de desprecio que Cole ahora reconocía tan fácilmente. "Un abogado, señor Cole. No es un asesino a sueldo".

"¿Es así como me ve, señora? ¿Un asesino a sueldo?"

"Es lo que usted hace, ¿no es así? Caza a la gente y la ejecuta".

Detrás de Cole, Thurst silbó. "Señora, no creo que usted sepa completamente lo que está diciendo cuando acusa..."

"Disculpe", espetó Amelie Gower, "sé *exactamente* lo que estoy diciendo". Ella fijó su mirada sin pestañear en Cole una vez más. "He escuchado las historias. Lo sé todo sobre usted, señor Cole. Cuando haya terminado con esto", presionó el papel con el dedo índice, "el señor Stone puede proceder con mucha más certeza. "Y, por cierto", volvió a coger el bolígrafo, "soy una *señorita*".

Cole y Matthias intercambiaron un vistazo rápido.

"Apreciaría ese café ahora", dijo Cole, "si te parece bien".

Cuando Mathias fue a coger la cafetera, sonó el primer disparo. Saltó, la taza de hojalata en su mano cayó al suelo con un fuerte estrépito.

Amelie dio un grito de alarma.

Cole ya estaba girando hacia la puerta cuando llegó el segundo disparo.

El Reverendo Peters tardó solo un momento en evaluar la situación.

Vio la boca abierta de Cartwright, las manos de Stone extendidas en súplica, y Sarah, girando, con la pistola en la mano.

Peters cayó de rodillas, haciéndose lo más pequeño posible. Le disparó a Cartwright y lo arrojó hacia atrás contra la barra del bar del salón. Cartwright gritó, haciendo una mueca, agarrándose instintivamente por su espalda a pesar de la bala en su hombro izquierdo. Cayó, su revólver chocando contra el suelo.

La pistola que empuñaba Sarah, la que le había arrebatado a Stone cuando éste la dejó caer, ladró una vez, pero la bala se volvió desesperadamente salvaje, su objetivo elegido ya no estaba allí. Stone, reaccionando con puro instinto, se abalanzó sobre ella desde atrás y luchó con ella, con un brazo sobre su garganta y con la otra mano apartando el arma de su agarre. Ella luchó, gritando locamente, un torrente de obscenidades saliendo de su boca. Stone aguantó, apretando los dientes. Ella era fuerte, mucho más fuerte de lo que esperaba, y se estaba liberando, girando, balanceando su rodilla hacia arriba.

Stone chilló agudo cuando la rodilla de ella se conectó y soltó su agarre.

"No", dijo Peters, poniéndose de pie, con el Winchester apuntando. Pero, ¿podría estar seguro de que su objetivo era cierto? Los dos lucharon frenéticamente, y si disparaba, ¿a quién golpearía?

El codo de Sarah se estrelló contra el rostro de Stone, enviándolo hacia atrás. Cayó encima de Cartwright, quien, sangrando profusamente, se las arregló para sostener su arma de fuego.

Peters vaciló.

En esos breves y terribles segundos, todo pasó ante él. Esas caras, esos chicos muriendo por su culpa. Debería haber hecho una pausa ese día, considerar sus acciones antes de vaciar el Winchester en ellos. Inocentes o culpables, eran jóvenes, toda su vida por delante. Peters había extinguido su existencia sin pensarlo. Estaba decidido a no volver a cometer el mismo error.

Miró profundamente a los ojos de Cartwright y vio al hombre sonreír.

"¡Dispárale, Lewis! ¡Dispárale!"

Peters escuchó el terrible y sólido chasquido del martillo y supo que había llegado su momento.

"*Padre*", dijo una voz, "*¡apártese del maldito camino!*"

Cole se movió rápido, apartando al Reverendo Peters con un poderoso empujón con su hombro justo a tiempo.

La bala de Cartwright pasó zumbando y se estrelló contra la madera de la doble puerta justo detrás de donde había estado parado el Reverendo. Con el Modelo 10 ya en su mano, Cole disparó dos veces, el primer tiro golpeó a Cartwright en el pecho, lo empujó hacia atrás, el segundo en su corazón. Se desplomó sobre Stone, muerto.

Gritando histéricamente, Sarah Cartwright se abalanzó sobre la pistola de Stone, pero Cole fue el primero en llegar, pateándola fuera de su alcance. Ella se volvió hacia él como una arpía, gruñendo, las manos extendidas, los dedos como garras preparándose para golpear. Sin dudarlo, Cole le dio un puñetazo a un lado de la mandíbula y ahí se acabó.

"Me equivoqué", dijo Ryan Stone, con la cabeza entre las manos, sentado en un taburete en el salón unos treinta minutos más tarde.

"No seas demasiado duro contigo mismo", dijo Cole, deslizando un trago de whisky hacia el desventurado Sheriff. "No sabías que ellos actuarían de esa manera".

Debería haberte esperado. Cada manual dice que

nunca se debe manejar solo una situación. Lo ignoré y mira a dónde me llevó".

"Ryan, aprendemos de nuestros errores. Maldita sea, si tuviera que contar cuántas veces he..."

"Podría haber muerto, señor Cole. Si no hubiera sido por el Reverendo, es casi seguro que estaría muerto".

"Sí", suspiró Peters desde el otro extremo, haciendo girar su vaso entre las palmas de sus manos, "y si no hubiera sido por Cole aquí, yo también estaría muerto". Él se rió entre dientes, levantó su vaso y se lo bebió de una sola vez.

"Lo hecho, hecho está", dijo Cole. "Ahora tenemos que concentrarnos en los demás".

"No voy a ir contigo", dijo Stone con voz plana y deprimida. "Me quedaré aquí, tomaré la declaración de Sarah Cartwright, si ella está dispuesta. Si no, puedo usar la de Amelie Gower y enviar un telegrama al juez de circuito".

"Todavía tengo que leer lo que la señorita Gower tenía que decir".

"En pocas palabras, lo presenta todo. Sabemos que Monroe es el hermano de Sarah, gracias a lo que ella nos dijo. Parece que él conoció a Claudette el año pasado y se volvieron más que íntimos. Ella le dijo que tenía los medios para que ambos huyeran y se instalaran solos en otro lugar".

"¡Ryan, ella debe ser al menos veinte años mayor que él!"

Stone se encogió de hombros. "Una mujer atractiva, pero tienes razón. Claramente, Monroe la animó y ella le contó todo: su "secreto", por así decirlo. Ella y su hermana habían sido contratadas para limpiar el hotel para el dueño anterior. Fue mientras lo hacían que encontraron copias de las escrituras".

"¿Las robó?"

"No, se las llevó a Jenkins, quien confirmó que eran

genuinas. Es común que estos documentos tengan varias copias. Ella las guardó, le contó a Monroe todo sobre ellas. Luego, para simplificar las cosas, el dueño anterior se fue y murió, el hotel se puso a la venta y los Cartwright se abalanzaron".

"¿Gracias a la información de Monroe sobre los hechos?"

Stone extendió las manos. "La pobre Claudette no sabía nada de eso. Monroe rompió con ella y entró en una profunda depresión. Luego acudió a ella para obtener las escrituras y ella se negó, por lo que la secuestró, con la esperanza de presionar a Jenkins. Su vida a cambio de las escrituras".

"Y cuando eso no sucedió, Jenkins fue asesinado".

"Lo cual deja", intervino Peters, "pobre Claudette. Me pregunto si todavía está viva".

"Esperemos que así sea. ¿La viste, Cole, antes de que Monroe te golpeara?

"Vi un bulto tirado en el suelo. No sabría decir si estaba muerta o no".

"Entonces tenemos que averiguarlo".

Asintiendo, Cole dio un largo suspiro. "Podría ser que un Federal de los Estados Unidos se encontrará viendo que todo tiene que ver con crímenes pasados. Se volverá complicado".

"No si traes a esos otros".

Cole se aclaró la garganta, lanzó una mirada a Peters antes de levantar su vaso hacia el Sheriff y decir: "Dile a Maddie, ¿lo harás, Ryan?". Dile que estoy fuera en el campo de nuevo, solo que esta vez estoy con el padre". Terminó su whisky. "Me refiero al Reverendo. Sin ofender".

"Nada tomado a mal", dijo Peters, "pero para ser honesto, ya terminé, Cole. Tan pronto como hayamos traído a esos malvados, enviaré mi propio telegrama a la diócesis de Denver. Renuncio".

Los otros se detuvieron y lo miraron.

"Es una larga historia", dijo, sin más explicaciones. "Prepararé los caballos".

"Ahí va un hombre cargando con muchos problemas sobre esos grandes hombros", dijo Stone mientras el Reverendo Peters salía pesadamente del salón.

"Creo que ha tenido lo que llamarías un dilema moral".

"¿Qué es eso?"

Cole sonrió. "No tengo idea, es solo algo que solía decir Sterling".

"Lo extraña, ¿no es así, señor Cole?"

"Todos los días".

Cole se dio la vuelta y dio un paso hacia las puertas batientes.

"Señor Cole", dijo Stone rápidamente, "espero que no se meta en otra situación similar a la de Monroe".

"La única situación en la que me meteré con Monroe será muy problemática", dijo Cole por encima del hombro, y luego agregó: "Para él".

CAPÍTULO VEINTICUATRO

MONROE se inclinó más cerca, tomó el antebrazo de Claudette en un agarre similar a un tornillo de banco y la atrajo hacia él.

"Lo que realmente tienes que entender, querida, es que no tienes elección en nada de esto. Ninguna elección en absoluto".

Su miedo era absoluto, pero ni siquiera eso podía evitar que expresara su desacuerdo. "No puedo ayudarte. Lo que me estás pidiendo que haga... No puedo".

Sus ojos se entrecerraron, "No me estás escuchando", siseó peligrosamente. "¡No tienes elección!" Sus compañeros le lanzaron a Monroe varias miradas inquisitivas, pero su mirada feroz evitó que ninguno de ellos lo interrogara. Forzó una sonrisa, pero ahora había tensión en su rostro. "Es hora de que sigas mis órdenes. Cuando viniste a verme por primera vez, sabías que tenías que hacer lo que te decían. Te advertí lo que sucedería si no lo hacías, que se te pedirían que hicieras cosas que te resultarían difíciles, incluso repulsivas. Juraste que harías lo que te dijeran y ahora no hay vuelta atrás. Las consecuencias son totales para ti. Dios no olvidará el juramento que hiciste bajo su nombre".

Las lágrimas brotaron de sus ojos. Claramente su agarre le causaba un gran dolor, y todo lo que pudo manejar fue un débil movimiento de cabeza. "Pensé que me amabas".

Él soltó una carcajada. "¿Amor? ¿Tú? Estás vieja y agotada, Claudette".

"Te odio", dijo, apartando la cabeza de esos ojos ardientes. Me usaste, Sebastian. Pensaste que podías controlarme, y casi lo hiciste, pero luego me dejaste. ¿Por qué no pudiste simplemente mantenerte alejado? "

"Necesito esas escrituras. Necesito saber dónde está enterrado el oro".

"¡No hay oro, idiota!"

La golpeó sin previo aviso, tirándola hacia atrás. Ella se encogió en el suelo, una mano contra su boca donde la sangre goteaba de su labio cortado.

"Maté a Jenkins, que era tan terco como tú. Volverás a la ciudad, encontrarás a mi hermana y juntos llegarán al fondo de esto. La esposa de Jenkins es una vieja bruja, pero confiará en ti. La convencerás de que te entregue las escrituras y luego..."

"No haré nada para ayudarte", dijo, tratando de sonar valiente.

Monroe volvió a reír. "Oh, sí, lo harás, o volveré a la ciudad y mataré a tu hermana. Y te dejaré mirar antes de que yo haga lo mismo contigo".

"Eres un monstruo".

"De hecho, lo soy, mi pequeña y bonita". Su sonrisa se volvió casi agradable. "Puede que seas mayor, pero aún eres una mujer malditamente atractiva. ¿Quizás cuando todo esto termine, podríamos instalarnos en algún lugar, tú y yo? ¿Qué dices?"

La única respuesta que recibió fue una mirada de absoluto desprecio.

Los dos hombres frenaron sus caballos y se detuvieron para levantar las cantimploras hacia los labios secos y tragar agua. Peters se acomodó en su silla. "¿Cómo te las arreglas para sentarte en una de estas cosas durante horas?", Hizo una mueca. "Mi trasero se siente como si estuviera posado sobre una cama de clavos".

"¿Cama de clavos? ¿Qué es eso?"

"Dolor es lo que es, Cole. Voy a tener que desmontar por un momento".

Así lo hizo, estiró la espalda y se frotó el trasero vigorosamente con ambas manos. "No puedo sentirlo en absoluto, salvo por el dolor".

"¿Supongo que usted no monta mucho?"

"No si puedo evitarlo", Peters sacudió la cabeza. "¿Cree que los encontraremos?"

"Sí", dijo el explorador, señalando el suelo roto. "Las señales son fáciles de seguir. Quizás demasiado fáciles. Creo que no esperan que alguien los persiga. Me abandonaron seguros de que iba a morir, como hicieron con Ryan, por lo que están llenos de confianza. Supongo que pronto regresarán a la ciudad para hacer otro intento de encontrar el oro".

"El oro que ahora sabemos que no existe".

"Sí, pero ellos no lo saben".

¿Y la señorita Claudette? ¿Qué harán cuando descubran la verdad? ¿Que todo este caos ha sido en vano y que Sarah Cartwright está en la cárcel, con todos sus planes hechos trizas?

Encogiéndose de hombros, Cole permitió que sus ojos recorrieran la extensión abierta de la llanura. "Sabes lo que harán. Lo que tenemos que hacer es encontrarlos y traerlos".

Murmurando para sí mismo, Peters volvió a subirse al lomo de su caballo y tiró de las riendas. "Hagámoslo". Y ambos partieron una vez más, con la cabeza gacha, acurrucados contra el calor palpitante del cruel y ardiente sol.

. . .

Cole vio las reveladoras nubes de polvo y supo lo que eran antes de levantar su telescopio para confirmarlo.

Son ellos. Tres hombres y una mujer".

"¿Claudette?"

"Supongo que sí", dijo Cole, cerrando el telescopio. "Tenemos que tomarnos las cosas con calma, Reverendo. A la primera señal de problemas, bien podrían matarla".

"¡Entonces les dispararemos a matar!" Golpeó la culata de su Winchester colgando de su silla.

"Está muy interesado en eso, reverendo".

"Estoy harto de todo esto, Cole. Quiero que esto termine de una vez".

"Cuando usted dijo que abandonaba la Iglesia, ¿tenía la intención de convertirse en un caza recompensas? ¿Es eso?"

"Siempre he manejado todo con piedad y perdón. Eso no ha servido de nada".

"Ojo por ojo, ¿es eso?"

"Sí, eso es".

"Entiendo cómo se siente, reverendo. Entiendo muchísimo, pero no podemos sacrificar a la mujer. Tenemos que ser cuidadosos".

"¿Cómo usted propone que hagamos eso?"

Cole señaló hacia un terreno accidentado, con rocas afiladas que sobresalían hacia arriba. "Espere allí. Asuste a los caballos con fuego concentrado cuando estén lo suficientemente cerca, y yo entraré por la retaguardia para rescatar a Claudette.

¿Usted cree que puede hacer eso, Cole? Quiero decir, ya no es exactamente un pollo de primavera, ¿verdad?

Con los dientes apretados, Cole gruñó: "Haga lo que le digo, Reverendo, y déjeme todo lo demás a mí". Le dio una patada a su caballo y se puso en camino hacia la derecha.

Peters movió su montura hacia las rocas, tomándose

su tiempo, con la mandíbula apretada, los ojos al suelo. Se sintió desapegado, las fuerzas del destino lo llevaron a este momento. No había nada que pudiera hacer para evitarlo. Estaba en Cuba una vez más, los acontecimientos dictaban sus acciones, le quitaban el poder de elección.

Aunque, esta vez, ya había hecho su elección.

A pesar de lo que dijo Cole, Peters fue inflexible. Se negó a ser un peón en un juego de azar masivo. Tomaría la iniciativa, tomaría las medidas adecuadas y pondría fin a esta atroz historia de codicia y asesinato.

CAPÍTULO VEINTICINCO

"¿Estás seguro de que esto es lo mejor?"

Se movían constantemente a través de la llanura, Monroe a la cabeza y Claudette Gower sentada a horcajadas sobre un viejo y desaliñado caballo junto a él.

Sin recibir respuesta, Braddock presionó a su compañero. "¿Seb? ¿Me has oído?"

"Te escuché".

"¡Entonces respóndeme! Lo que estamos haciendo, cabalgando de regreso a esa ciudad, no veo que sea lo correcto. Nos estarán esperando".

"¿Quién?" Monroe detuvo su caballo, permitiendo que Braddock se moviera a su lado. "¿Quién nos espera, eh? El Sheriff ya estará muerto y Cole está acabado. No hay nadie más".

Hemmings se aclaró la garganta mientras se echaba hacia atrás el sombrero y se limpiaba la frente con la manga. "¿El alguacil?"

"¿Esa vieja tina de tripas?" Monroe se rió y lanzó una mirada hacia Claudette. "No hay nadie más de quien preocuparse, ¿verdad, dulzura?"

La mirada gélida de Claudette le dio todas las respuestas que necesitaba.

Monroe respiró regularmente y miró a lo lejos. "Nos juntaremos con Sarah y conseguiremos el oro". Él sonrió. "Por fin, Claudette ha decidido cooperar. Entonces, esta noche, seremos ricos, muchachos. Ricos".

Braddock sacudió la cabeza y bajó la voz. "¿Cómo sabes que está diciendo la verdad, Seb? ¿Y si estamos cabalgando hacia una trampa?"

"Me está diciendo la verdad porque sabe que la mataré a ella y a su hermana si no es así".

Algo pasó entre Braddock y Hemmings. "Está bien, pero debemos tener cuidado. Incluso si ese ayudante no es mucho, podría reunir a un grupo de gente del pueblo".

"No, les metimos miedo cuando Cole estaba buscando voluntarios para una patrulla. Nadie se atreverá a enfrentarse a nosotros".

"Pero eso fue antes de que mataras a ese abogado", añadió Hemmings. "Estarán enojados, Seb. Estarán buscando lincharnos".

Riendo, Monroe agitó las riendas y se puso en marcha de nuevo a medio galope. "Quemaremos toda la ciudad, muchachos. El miedo es la única arma que necesitaremos".

"Realmente eres un monstruo", dijo Claudette, el cuerpo se sacudió hacia adelante mientras su caballo, atado al de Monroe, avanzaba.

"Claro que lo soy", se rió Monroe, "pero creo que por eso eres tan dulce conmigo".

Desde su posición ventajosa muy por detrás del grupo, Cole miró a través de su telescopio, los vio discutiendo algo, pero no pudo distinguir sus rasgos o reacciones. No importa, sintió que había un conflicto, algo que podría funcionar a su favor. Tenía fe en el reverendo, sabía que el hombre podía disparar y estaba convencido de que la confusión resultante causada por sus tiros bien colocados aseguraría que todo saliera bien al final.

Fe ciega en un hombre que apenas conocía.

¿Qué más tenía?

Cerró el telescopio y dejó escapar un largo y fuerte suspiro. Esta vida, con su constante lucha física y mental, estaba resultando demasiado. Los años pasaban y la edad le pasaba factura y lo cambiaba. Recordó cómo Monroe se había deslizado detrás de él con tanta facilidad, y se estremeció al recordarlo. Por derecho, debería estar muerto. Sabía que solo por su suerte había podido durar tanto tiempo. Quizás esto era todo, la última llamada. Los tres hombres que cazaba eran duros, viciosos, actuaban sin conciencia. Especialmente Monroe. Por primera vez, no podía predecir el resultado. Cuando Ryan Stone lo había salvado no hace mucho, se le ocurrió lo frágil que era su control de la vida. Maddie le trajo esperanza, amor, un medio para comenzar de nuevo a pesar de los años. Su respuesta fue volver a emprender el camino hacia la muerte. Esos hombres, ese enjambre de cuervos asesinos, picoteando los cadáveres, tomando y haciendo lo que quisieran, lo llevaron a cuestionar sus habilidades, su deseo de hacer el trabajo. Al menos esta vez, tenía al Reverendo, un hombre en desacuerdo consigo mismo, pero un hombre que inclinaba las probabilidades a su favor. Por última vez.

Montó, comprobó su Smith and Wesson, puso la cara en las figuras oscuras y menguantes que tenía delante y siguió adelante.

CAPÍTULO VEINTISÉIS

P ETERS observó cómo se acercaban y sintió que el nudo se le apretaba en las tripas.

Las órdenes de Cole habían sido precisas: disparar para asustar a los caballos. Cole sabía, al igual que él, que una vez que comenzara el tiroteo, Monroe y su pandilla pelearían. Hasta la muerte si era necesario. Asustar a los caballos podría funcionar, pero solo si Cole actuaba rápido.

Desde el lugar donde estaba, agachado detrás de un grupo de rocas y matorrales secos, no había ni rastro del viejo explorador.

El pulso de Peters se aceleró, llenando una garganta ya seca de ansiedad. Incapaz de tragar, tomó su cantimplora y tomó un largo trago. El agua golpeó la parte posterior de esta garganta como si estuviera hirviendo, y tosió y farfulló, presa del pánico en caso de que alguno de los hombres de Monroe lo oyera, y se agachó detrás de la roca.

Esperó, los sentidos al máximo.

No pareció haber reacción, y se arriesgó a mirar.

El primer disparo rebotó en la parte superior de las rocas, inmediatamente acompañado de gritos salvajes cuando los hombres de Monroe patearon a sus caballos para que se pusieran en acción. El reverendo se agachó cuando Monroe disparó una segunda ronda, el plomo al rojo vivo golpeó contra la roca a centímetros de la cabeza de Peters.

"¡Maldición!" Peters soltó y trató de levantar su Winchester para al menos dar una apariencia de réplica.

Los gritos se hicieron más fuertes. Estaban cerca. En esa mirada desesperada que logró dar, Peters vio a Monroe alejarse, llevándose a Claudette con él. Ella estaba gritando y él la golpeó en el costado de la cabeza con su pistola. Silenciada, cayó de la silla y golpeó el suelo con un repugnante y hueco ruido sordo.

Peters, indignado, hizo a un lado todas sus incertidumbres. Se puso de pie de un salto, puso el punto de mira en el primer jinete y le disparó sacándolo fuera de la silla. Vio la expresión de incredulidad cruzar el rostro del hombre, la boca abierta en un grito silencioso mientras se inclinaba, la sangre bombeaba de la herida en su pecho.

Peters se congeló.

Encerrado en el momento, incapaz de apartar la mirada, vio al hombre retorcerse en el suelo, dedos frenéticos arañando la herida, desesperado por detener el flujo de esa sangre espesa y roja.

Demasiada sangre.

Recordó a Shepherd, con el cuerpo sufriendo un espasmo, las piernas pateando en un loco intento de escapar, de huir de la certeza de su muerte.

Y la sangre, por supuesto.

Demasiada sangre.

Apenas consciente de lo que le rodeaba, el Reverendo no pudo evitar que el Winchester se le resbalara. Chocó contra las rocas, pero él no le prestó atención. El tiempo se detuvo. Él estaba allí, en ese pueblo cubano una vez más, Shepherd gritando: "¡Peters, Peters, ayúdame!"

Pero no lo pudo ayudar. No pudo hacer nada, todas sus fuerzas lo abandonaron.

Atrapado y solo en un túnel negro e interminable, sus lados lo aplastaban, apretaban, apretaban para siempre, abrió la boca, luchó para forzar un grito, cualquier cosa que lo ayudara a regresar al presente, pero fue inútil.

"*¡Peters!*"

Una bala lo alcanzó en el hombro, lo hizo girar, el dolor instantáneo y abrasador trajo consigo una conciencia fugaz y tentativa de lo que lo rodeaba. Parpadeando, la figura del pistolero apareció a la vista, caminando hacia él, con la pistola en alto, la sonrisa dividiendo su rostro ennegrecido por el sol.

¡Peters, agáchate!

Esas palabras no vinieron de la boca del pistolero que avanzaba.

No, vinieron de algún lugar más allá de él. Algún lugar lejano. Pero a él no le importaba. Sabía que era demasiado tarde, y Peters cerró los ojos y se preparó para abrazar este tan esperado momento de liberación.

Cole estaba cayendo de su silla antes de que su caballo se detuviera por completo. El suelo estaba duro bajo sus pies, su carrera era incierta, desigual. Un hombre que había pasado su mejor momento, pero un hombre lleno de determinación. Peters estaba loco, parado al aire libre. ¿Que estaba haciendo?

Vio al primer pistolero caer de su caballo, alcanzado por el primer disparo de Peters. Quizás todo saldría bien. Quizás Claudette podría recuperarse de ese brutal golpe del arma de Monroe. No lo sabía. Todo lo que sabía era lo que veía.

Peters, ahora una estatua, con la boca abriéndose y cerrándose, perdido en un mundo de pesadilla de indecisión, posiblemente incluso de miedo. Lo vio disparar.

Todo esto, todo, tan mal, sucediendo en algún otro lugar en un lugar distante. Independiente, incrédulo,

Cole le gritó al Reverendo que se agachara. Pero el hombre no lo hizo. Se quedó paralizado, y cuando la segunda bala pasó como un rayo, no se inmutó.

Maldiciendo, Cole se lanzó a la carrera. Miró a su derecha. Allí estaba Monroe desmontando, sacando el Winchester de su vaina. Nadie podía hacer nada. El momento inevitable, el fin de todo. Claudette inconsciente, Peters a punto de morir y Cole...

Maldita sea, si solo Sterling estuviera aquí.

Cole disparó su arma, la bala golpeó el suelo junto al pie del pistolero. Se dio la vuelta, el miedo se mezcló con el impacto total de este nuevo desarrollo.

"Sterling, ¿dónde estás cuando te necesito?"

El rostro del pistolero cambió, los ojos se entrecerraron, los dientes apretados. Cole lo reconoció. La mirada asesina de piedra.

Cole le disparó tres veces, haciéndolo saltar y sacudirse hacia atrás, con el cuerpo perforado con pequeñas erupciones de sangre.

Sin detenerse, Cole corrió hacia adelante, sintiendo la opresión en el pecho, los pulmones a punto de estallar, todos esos años de inactividad, de estar sentado en el porche viendo pasar el mundo. Sus músculos gritaban, piernas como plomo, el sudor rodaba por sus ojos.

Ojos que se clavaron en los de Peters.

Las manos del Reverendo se extendieron, como si se ofreciera a sí mismo, rindiéndose a su destino. Las lágrimas brotaron y rodaron por sus mejillas. "No puedo", dijo. No había más que decir.

En esos últimos y desesperados pasos, Cole quería cargar contra él, enviarlo al suelo, a un lugar seguro, pero la distancia parecía tan grande. Aun así, tenía que intentarlo. Mientras se preparaba para un último esfuerzo, el Winchester de Monroe sonó y la cabeza de Peters explotó como una calabaza madura, enviando un chorro de niebla rosa que salpicó la pechera de la camisa de Cole.

Inclinándose de lado, Peters cayó como un gran árbol, y el silencio los envolvió a todos.

Monroe se rió entre dientes. Esto era más fácil que una cacería de pavos en la feria local. Accionó la palanca y se la llevó al hombro. "Vas a morir ahora, Cole", suspiró.

"Un monstruo".

Él giró su cabeza alrededor.

Era Claudette, con un lado de la cabeza hinchado como una pieza de fruta enorme, morada y demasiado madura. Rezumaba sangre y uno de sus ojos estaba casi completamente cerrado. A pesar de esto, y del obvio dolor en el que estaba, sonrió.

Monroe vio por qué y entendió.

De su caballo había tomado el cuchillo. Su pesada hoja brillaba al sol, sus nudillos se mostraban blancos en la fuerza de su agarre.

Ella se abalanzó sin previo aviso. Monroe esquivó y logró desviar toda la fuerza del empuje. El borde afilado le atravesó el costado y le abrió el torso como si fuera papel de arroz fino. Se tambaleó hacia atrás, y Claudette presionó hacia adelante, levantó el brazo con el cuchillo en preparación para el golpe mortal.

Como un borracho, Cole avanzó tambaleándose. No había tiempo para pensar en el pobre reverendo porque Claudette estaba en problemas. Grave problema. A través de los ojos ardientes, con la respiración dificultosa, Cole obligó a su cuerpo a devorar esos últimos pasos.

A pesar de que se había dado cuenta de que era demasiado tarde.

Monroe, jadeando por el ataque inicial con cuchillo, utilizó el Winchester y disparó a Claudette en el cuerpo. Mientras ella se derrumbaba, él le metió otra bala. Ella se tambaleó, con los brazos extendidos y perdió el agarre del cuchillo. Ella gimió.

Cole rugió.

Monroe se volvió, la herida en su costado hizo que se doblara. Trató de hacer que el Winchester funcionara, pero Cole llegó primero y vació el Smith and Wesson en él. Dos rondas. Pero fue suficiente.

Monroe cayó, y Cole estaba sobre él, arrancando el Winchester de sus moribundos dedos y lo golpeó sin piedad con la culata, golpeándolo hasta en la inconsciencia.

No se detuvo y no quedaba nadie para decirle que lo hiciera.

CAPÍTULO VEINTISIETE

En el fresco de la noche, Maddie se acercó a Cole en el columpio del porche que compartían y lo abrazó.

"Ya terminé", dijo.

"Has dicho eso antes y cada vez que..."

"No", dijo enfáticamente, "esto es todo. No más". Extendió las manos y estaban temblando. "¿Ves eso? Nunca, en todos los años, he experimentado esto".

Ella apretó la cara contra su pecho. "¿Quieres decir que puedo tenerte aquí para mí sola, todos los días?"

"Cada minuto", y le besó la parte superior de la cabeza. "Ahí afuera, en medio de todos esos asesinatos, la idea de dejarte... Fue demasiado, Maddie. Es hora de dejarlo para siempre".

Respiró con dificultad y se acurrucó aún más cerca. No podía verla sonreír, pero podía sentirlo y sabía que todo estaba bien.

Se sentaron así durante un tiempo considerable hasta que el sonido de un jinete que se acercaba los sacó de su ensoñación compartida. Era Stone, y al acercarse, tiró de las riendas y se detuvo con suavidad. Los miró desde la distancia y sonrió mientras se bajaba de la silla. Se acercó, se aclaró la garganta y subió los escalones.

"Buen día para los dos".

"Hola, Sheriff", dijo Maddie. Cole simplemente miró.

"Señor Cole, lamento molestarlo, pero es el Agente Federal del que le hablé. Está en la ciudad ahora mismo, investigando y dice..."

Ryan, no me importa un comino lo que un federal dice o no dice. Ya terminé con eso".

"Sí, sí, lo sé, Sr. Cole, pero..." Se mordió el labio inferior mientras pasaba de un pie al siguiente.

"¿Qué pasa, Ryan?" preguntó Maddie, su voz suave y sedosa en esa atmósfera tensa y sobrecargada. "Solo dilo".

"Bueno, señorita Maddie, él dice que quien haya intentado detener el asesinato del Reverendo Peters y Claudette Gower merece una medalla. Él está pasando por alto mucho de eso, ya que esos muertos, pedazos de suciedad de rata, eran buscados en todo Texas por todo tipo de cosas atroces. Dijo que escribiría su informe para demostrar que fueron asesinados legalmente".

"¿Y la señora Cartwright?"

"Ella enfrentará un juicio. Pobre señorita Amelie, está de una manera terrible, llorando todo el tiempo. Todo es... Disculpe mi lenguaje, señorita Maddie, pero todo el maldito asunto fue en vano. Nunca hubo oro. Todo fue una mentira improvisada para asegurar una hipoteca para la compra original del hotel. ¡Todos los interesados, todos murieron por nada!"

"Eso es triste", dijo Maddie, apretando la mano de Cole. "Pero esta tierra está llena de tristeza. Todo lo que podemos, es hacer nuestro mejor esfuerzo para vivir con eso".

Dos días después, Cole regresó de su habitual paseo matutino para comprobar las existencias. Llevó su caballo a la parte trasera de la casa, lo desensilló y regresó a la casa. Se detuvo cuando vio la pequeña plataforma esperando afuera y frunció el ceño.

Instintivamente, su mano cayó hacia donde esperaría su arma. Pero ya no. Desarmado, suspiró, se reprendió a sí mismo y se sintió un poco tonto. Los asesinos no conducen a plena luz del día, ni conducen pequeños carros.

Al menos, esperaba que no.

"¡Reuben!" gritó Maddie cuando Cole entró por la puerta, sacudiendo el polvo con su sombrero. Ella se acercó a él con los brazos abiertos.

"¡Reuben!" gritó Maddie cuando Cole entró por la puerta tocando. "Este es el señor Casper de la ciudad de Nueva York". Abriendo el brazo, se volvió para revelar a un hombre pequeño y de aspecto elegante sentado con su sombrero Derby sobre las rodillas, sonriendo torpemente. Dejó su taza de café y se puso de pie. "El señor Casper tiene una propuesta para ti, Reuben".

Cole frunció el ceño y estudió la cara enrojecida del hombrecito.

"Estoy muy contento de conocerle", dijo Casper, levantándose y avanzando. Se movió tentativamente, un poco asustado. La mano que extendió tembló levemente.

Cole tomó la mano y notó lo débil que era el agarre del hombre, las uñas cuidadas, la suavidad de la carne. Este era un hombre que rara vez había salido de los confines de su oficina. "Si esto tiene algo que ver con los bancos o el dinero, entonces yo..."

"¡Oh, no, no se trata de actividades bancarias!"

"Reuben", intervino Maddie, "el señor Casper escribe para el Harper's Weekly. Publican cuentos sobre el Viejo Oeste".

"¿Por casualidad, ha oído hablar de nosotros?"

Encogiéndose de hombros, Cole se acomodó en su sillón e hizo una seña a Casper para que se sentara. La sonrisa del hombrecillo permaneció congelada en sus labios. "No tengo muchas oportunidades de leer, señor Casper".

"Tenemos un público fiel, señor Cole, que está hambriento de historias fácticas. No novelas de diez centavos, sino de hechos reales".

Maddie se ocupó de cruzar hacia el mueble bar en la esquina. Habló de espaldas a Cole. "Reuben, el señor Casper está interesado en escuchar tus historias, sobre lo que hicieron. Tú y Sterling".

Cole ladeó la cabeza. "¿Lo que hicimos?"

"Sí", dijo Casper, inclinándose hacia adelante, con los ojos llenos de entusiasmo. "Hay un mercado enorme para este tipo de historias, señor Cole. Dado que el Oeste es ahora mucho más dócil, la gente está interesada en descubrir cómo solía ser".

"Señor Casper, acabo de regresar de un tiroteo que fue todo menos dócil".

"Eso es todo, Reuben", dijo Maddie, acercándose a él con un vaso lleno de whisky en la mano. "El señor Casper quiere todo eso, para su revista. Historias mensuales sobre el Viejo Oeste. Y Reuben", bajó la voz", va a pagar muy bien".

No convencido, Cole tomó el whisky y lo consideró por unos momentos. "Para ser honesto, no estoy seguro de querer revivir todo eso, señor Casper".

"Oh, Reuben", espetó Maddie. "¿Qué más vas a hacer, golpearte la cabeza contra las paredes en este lugar?"

"Tengo las existencias, tengo vallas que arreglar y..."

"¡Oh, carajo, Reuben! Alegrará tus días. Puedes volver a estar en el campo, con Sterling y los demás sin tener que salir de los confines de esta casa. Con el dinero que ganemos, podemos empezar a vivir realmente cómodos".

"Ya lo hacemos".

"Quiero un vestido nuevo, Reuben, quiero ir a la ciudad en un carro nuevo, encontrarme con mis viejos amigos, almorzar... Vaya, incluso podríamos contratar a una cocinera, una sirvienta como Marta que cuidaba la casa cuando tu querido viejo papá estaba vivo".

Cole bebió su whisky, saboreando el sabor. Lentamente, sus ojos se cerraron. Marta...

"¿Qué implicaría?" preguntó en voz baja, casi aburrida.

"¿Por qué, señor Cole?", dijo Casper, su voz subiendo un par de decibelios, "podemos redactar un contrato ahora mismo. Los pagos se transferirían desde..."

"No, quiero decir, ¿qué necesito hacer, señor Casper, sobre esas historias?"

Los ojos de Cole se abrieron de golpe y Casper, desconcertado un poco, extendió las manos. "Nada en absoluto, señor Cole. Usted me transmite los cuentos y yo los escribo. Se publicarán de forma regular cada tres meses aproximadamente".

"El señor Casper explicó que vendría aquí cada pocas semanas, y tú le cuentas lo que pasó", explicó Maddie, casi como si estuviera hablando con un niño. "No tomará nada de tiempo, ¿verdad, señor Casper?"

"Ninguno, en absoluto".

"El señor Casper tomará las notas y luego regresará a Nueva York y las preparará para su publicación. Serás famoso, Reuben".

"El Que Viene", dijo Casper.

Cole arqueó una ceja. "¿Le dijiste eso, Maddie?"

"Lo hice. Así te llamaban los indios. Creo que algunos de los mayores todavía lo hacen".

"Es un gran apodo, señor Cole", dijo Casper.

"¿Un gran qué?"

"Reuben", Maddie se sentó a su lado, extendió la mano y le sujetó la rodilla. "Reuben, piénsalo. El romance del Oeste. Sterling y tú cabalgando por las llanuras, aventuras, emoción".

"¿Romance?"

"No se trata solo de besos y esas cosas. Será como Robin Hood. Lo conoces, ¿verdad, Reuben?"

Cole se reclinó en el sillón, el rostro vuelto hacia el techo, reflexionando sobre una miríada de razones por las que debería rechazar la oferta. No se podía negar que el dinero sería bienvenido. Los tiempos eran duros: había grano que comprar, herradores que contratar. Todo costaba. Suspiró, rindiéndose. "¿Cuándo?"

"Podemos ponernos a trabajar en los próximos días, señor Cole", dijo Casper, incapaz de evitar la euforia de su voz. "Les prometo que este será un arreglo de beneficio mutuo. Tenemos más de un millón de lectores, señor Cole".

"Piensa en ello, Reuben".

Bajó la cabeza y miró el hermoso rostro de Maddie. "Nos vendría bien el dinero".

"Sí, nos vendría bien".

"Y si no va a ser demasiado agotador..."

"No lo será", instó Casper.

La sonrisa de Cole se amplió. Entonces, ¿por qué no? Será bueno volver a visitar los viejos tiempos, supongo. Sin peligro de que te disparen, por supuesto".

"Sí", dijo Maddie, agarrando su mano y apretándola. "Sin peligro de ningún tipo".

"Está bien entonces", y se volvió hacia Casper. Por primera vez en muchas semanas, sonrió. "¿Dónde firmo?"

Querido lector,

Esperamos que hayas disfrutado leyendo *Asesinados Por Cuervos*. Tómese un momento para dejar una reseña, incluso si es breve. Tu opinión es importante para nosotros.

Atentamente,

Stuart G. Yates y el equipo de Next Chapter

Asesinados Por Cuervos
ISBN: 978-4-82410-091-7
Edición en rústica

Publicado por
Next Chapter
1-60-20 Minami-Otsuka
170-0005 Toshima-Ku, Tokyo
+818035793528

24 Agosto 2021

9 784824 100917